AF358851

NOUVELLE COLLECTION NATIONALE

P. VIGNÉ D'OCTON

CŒUR DE SAVANT

F. ROUFF, éditeur, 8, boulevard de Vaugirard, PARIS

CŒUR DE SAVANT

PREMIÈRE PARTIE

I

E jour-là, il y eut à l'Académie de Montpellier, la vieille ville universitaire, une séance dont le souvenir n'est pas prêt de se perdre dans tout le Bas-Languedoc, et même parmi le monde savant.

La docte Société se trouvait au complet dans ses deux sections des lettres et des sciences, et le Tout-Montpellier se pressait dans la salle trop exiguë pour le recevoir. Depuis longtemps la ville avait été mise en émoi par l'annonce de cette manifestation scientifique, de ce tournoi où — affirmait-on dans le milieu universitaire — devaient se mesurer les deux plus illustres représentants de la vieille université : M. Arsène Roucaire, professeur de paléontologie comparée, et l'érudit ethnologue Segaudy.

Il ne s'agissait de rien moins que d'établir si, comme le prétendent Lamarck, Darwin et Littré, l'homme descend du singe et doit être — en cette qualité — classé dans l'ordre des primates en compagnie de ses cousins le gorille, l'orang-outang et le chimpanzé, ou bien s'il a droit à une place à part dans l'ensemble des êtres. M. Arsène Roucairol avait pendant l'hiver traité cet important sujet dans son cours à la Faculté des sciences et résolument conclu à l'origine simienne. Le professeur libre Segaudy avait riposté par une série de conférences données à la Faculté des lettres et en lesquelles il traîna sur la claie les partisans des théories nouvelles.

A l'amphithéâtre de la Canourgue comme dans la grande salle de l'Esplanade, il y eut du bruit malgré les efforts respectifs de Paleyrac et de Rastoul, les appariteurs des deux Facultés jusqu'alors camarades. Le public, bien entendu, se divisa; on applaudit, on siffla, on s'invectiva d'un clan à l'autre; on se traita de ouistitis ou de cagots; il y eut même telle soirée où l'on se jeta les bancs à la tête; et de vieux auditeurs habitués depuis vingt ans à s'asseoir tout près du poêle et bercés par la voix monotone du professeur à prendre un acompte sérieux sur la nuit, se virent obligés de déguerpir et d'aller au café voisin continuer leur somme.

Partageant la mutuelle animosité de leurs maîtres, Rastoul et Paleyrac ne décoléraient pas l'un contre l'autre; et leur dissentiment scientifique trouvait plus que jamais son écho dans leurs interminables parties de « Loup » au banc des Courtes-Vies.

Le premier, Segaudy provoqua Roucairol à un débat contradictoire que le savant paléontologue accepta.

Il ne pouvait y avoir d'endroit plus propice à cette rencontre que les locaux de l'Académie dont les deux adversaires étaient membres. L'honorable président M. Cazalis y consentit et fixa lui-même la date de la séance. A partir de ce jour la curiosité des Montpelliérains fut portée à son comble par les bruits que répandirent les partisans de Roucairol : « Leur maître, disaient-ils, venait de découvrir la plus convaincante preuve matérielle de la vérité de ces théories. C'était le squelette de l'Homme-singe de l'homo alalus qu'il avait reconstitué avec les fragments trouvés dans la grotte de Caramaou. »

Impossible de douter désormais.

Bien sûr, Segaudy et ses partisans ne s'attendaient pas à ce coup et on verrait leur confusion quand Roucairol, au sein de l'Académie, exhiberait triomphalement le squelette de l'homme-singe. Et puis quel retentissement dans le monde savant! Quelle gloire pour Montpellier et son Université d'avoir apporté la preuve décisive aux plus belles théories de la science contemporaine!

Des Roucairolistes exaltés parlaient déjà d'élever une statue à leur maître désormais illustre. Après cela, quoi d'étonnant si le petit hôtel vieillot du Jardin des Plantes fut pris d'assaut, le jour venu, par l'élite de la population montpelliéraine? Quoi d'étonnant si l'allée Candolle, d'ordinaire aussi calme, aussi déserte qu'une clairière du bois de Lavalette vit passer à l'ombre de ses cèdres quantité d'habits noirs et de toilettes claires, et si à l'odeur qu'exhalaient ses magnolias fleuris se mêlèrent les senteurs de l'ambre et de la verveine?

Les moineaux francs qui hantaient les balustres et les menus recoins des ogives, surpris par cette affluence insolite, pépièrent à qui mieux mieux. Coïncidence étrange, qu'il importe de signaler, un merle depuis longtemps éduqué par le secrétaire perpétuel et dont la cage disparaissait dans les lierres de la façade se mit à siffler la « Marseillaise » dès que M. le maire invité, se présenta à la porte de l'institut, et, quand M. le président Cazalis fit son entrée, sur le perchoir voisin, un perroquet. élève et pensionnaire de maître Rastoul, jeta de sa voix grasse : « Messieurs, la séance est ouverte! »

Depuis le matin, le squelette de l'Homme-singe était exposé dans la salle des Actes, suspendu par le sommet du crâne à sa tige d'acier, l'ossature des membres supérieurs vigoureuse et très longue touchant presque le sol. Un rayon de soleil se jouait dans les trous de ses yeux, mettait comme un pâle sourire aux mâchoires sans dents et faisait miroiter les lamelles de cuivre qui servaient de jointures. Dès l'entrée, les arrivants s'empressaient autour de lui, le regardaient sous toutes ses faces,

F. ROUFF, ÉDIT. — Paris 1927.

mesurant, comparant avec des gestes dédaigneux ou le plus grand respect, selon qu'ils partageaient les idées segaudiennes ou pensaient comme Roucairol. Malgré le « N'y touchez pas s. v. p. » qui s'étalait en grosses lettres sur l'extrémité de la tige, des dames poussaient la curiosité jusqu'à poser sur lui le bout d'un doigt ganté non sans un léger frisson. Comme deux heures sonnaient à Saint-Pierre, l'illustre paléontologue fit son entrée, suivi, quelques instants après, par Segaudy, son adversaire. Tandis qu'il allait droit à son fauteuil, on remarqua que celui-ci s'arrêtait longuement devant le fossile, et, après en avoir fait plusieurs fois le tour, les yeux bien fixés sur sa partie postérieure, il éclata de rire... dans sa barbe. Les Roucairolistes en furent scandalisés, tandis que les Segaudiens un moment abattus reprenaient courage.

Enfin, toutes les places occupées et l'heure fixée étant passée, M. le président Cazalis ouvrit la séance par le discours d'usage. Il ne parla pas longtemps et, partageant lui-même l'impatience de l'auditoire, donna la parole à Roucairol.

A ce moment, les murmures, les remuements de pieds, les frôlements de robes, les palpitations d'éventails, tous les menus bruits qui avaient scandé son allocution s'arrêtèrent et on n'entendit plus que la voix grave du perroquet coupée par la « Marseillaise » du merle.

Lentement, avec un éclair de triomphe dans sa prunelle grise, Roucairol se leva, se dirigea, le front haut, vers le squelette, et là parla, parla longtemps d'une voix monotone semblable au bourdonnement d'une guêpe qui de ses fines antennes heurtait les carreaux de la salle :

« Enfin, mesdames et messieurs, conclut-il, vous avez devant vous la forme transitoire entre le plus parfait des anthropoïdes et l'homme actuel; par elle se trouve comblé l'abîme que nos adversaires s'obstinaient à creuser entre eux. L'Homme-singe ou « homo alalus », dont vous avez devant vous l'ossature, n'est plus un singe, mais il n'est pas encore un homme; il possédait la station verticale permanente, le gros orteil de ses pieds n'était plus opposable aux autres doigts; il parlait un langage inarticulé, — c'est vrai, — mais il parlait; il ne lui manquait plus grand'chose pour être l'égal du Boschiman actuel. Et en comparant même nous l'avons fait son squelette à ceux de l'orang-outang et d'un nègre quelconque, nous pouvons saisir sur le vif, le travail mystérieux par lequel la nature a perfectionné ses formes et façonné enfin l'homme de race supérieure. Comment douter désormais que nous ayons pour ancêtres directs les singes africains? »

Il se tut et regagna sa place. Sur les bancs où se tassaient ses partisans un tonnerre de bravos éclata; puis un profond silence régna pendant lequel tous les regards se portèrent vers Segaudy. Le président lui donna la parole. A son tour donc il se leva et, comme Roucairol, fit quelques pas vers le fossile.

Il fut bref, sec et tranchant comme un couteau dont sa figure mince évoquait la lame :

« L'argumentation de mon savant collègue, résuma-t-il, est très belle, merveilleusement déduite et d'une irréductible logique, mais elle pèche malheureusement par la base ».

Et montrant d'un geste railleurs le squelette.

— Rien ne prouve, en effet, que ceci soit l' « homo alalus », je m'explique : tous les naturalistes partisans de votre doctrine sont d'accord pour prétendre qu'il était pourvu d'une queue, d'un appendice caudal dont la présence se manifesterait sur le squelette par des vertèbres coccigiennes, moins développées que celles du singe, plus développées que celles de l'homme actuel; or, nous n'en voyons pas ici la moindre trace; vous me direz que précisément cette partie du fossile est absente, qu'elle n'a pu sans doute résister à l'action du temps. Je vous répondrai : c'est fâcheux, mais encore une fois, cette preuve capitale faisant défaut, il n'est pas démontré que nous nous trouvions en présence de l' « homo alalus », et dès lors tous nos arguments restents intacts ».

Il s'assit aux applaudissements formidables de ses partisans.

C'était vrai, la partie inférieure de la colonne vertébrale manquait et il était impossible de savoir si elle avait ou non supporté une queue.

Très pâle, Roucairol à nouveau se leva et jeta sur un ton de défi à l'assemblée palpitante :

— Mon adversaire se dérobe à la discussion; il ferme les yeux devant la preuve décisive; si captieuse, si subtile et si peu digne d'un savant que soit la fin de non-recevoir qu'il m'oppose, je l'accepte pour le moment. Cette partie absente du squelette je me fais fort de la retrouver.

« Dans huit mois, si je ne m'abuse, doit se tenir en cette ville le congrès des naturalistes; je donne pour ce jour-là rendez-vous à nos adversaires. Ma démonstration n'en sera que plus éclatante et leur confusion plus complète.

— J'accepte le défi, gronda de son banc Segaudy.

L'assemblée devenant tumultueuse, M. le président Cazalis leva la séance.

II

L y avait déjà longtemps que le professeur Roucairol se livrait à des recherches paléontologiques. Célibataire endurci, il n'avait d'autre amour que ses fossiles. Sa haute taille quelque peu courbée par l'étude et noyée dans une redingote trop ample, ses deux bras appliqués au buste avec une raideur de squelette, ses maigres chevilles émergeant d'un pantalon trop court, tout chez lui évoquait, de prime abord, les anthropoïdes du musée desquels il faisait sa fréquentation exclusive.

Sous le feutre le plus démodé, il avait le teint mat des vieux os qu'il traînait continuellement dans ses poches. Il n'allait dans aucune société, ne voyait presque jamais ses collègues, et rares étaient les Montpelliérains qui pouvaient se flatter d'avoir entrevu ses pénates.

On prétendait, en exagérant quelque peu, que sa maison de la rue des Arceaux était une façon de nécropole, débordant de squelettes et d'ossements.

Au demeurant, comme tous ceux qu'obsède une idée fixe, que domine une inaccessible chimère, le plus inoffensif des hommes, si bénin, si distrait, si indifférent à tout ce qui n'était pas « préhistoire » qu'il ne fut jamais détourné de son rêve ni par les mauvais tours sans nombre dont nous l'accablâmes au lycée, ni plus tard par les avanies de toutes sortes dont certains collègues de la Faculté l'abreuvèrent.

Fils d'un pauvre instituteur du Cantal, il était arrivé au baccalauréat après avoir, pendant six ans, mangé le pain amer des boursiers au collège communal de Saint-Flour. Puis il avait connu la vie lamentable du « pion » qui bûche sa licence, à travers les dortoirs malsains, le long des cours désolées, dans les études froides, disputant ses minutes à la turbulence narquoise des élèves.

Des épreuves brillantes le signalèrent à l'attention du jury d'examen, mais sa mine fruste, ses cheveux hirsutes, la broussaille de sa barbe et sa redingote élimée de séminariste stupéfièrent le recteur, un très élégant universitaire, qui le proposa pour un collège perdu dans un coin de l'Auvergne.

Pendant cinq ans il y enseigna l'histoire naturelle à de petits paysans dont quelques-uns aspiraient au notariat et dont la plupart étaient destinés à passer leur existence dans la montagne natale parmi leurs vaches et leurs brebis.

Lui-même, sans proférer une plainte, sans adresser à ses chefs la moindre réclamation, aurait fini ses jours dans ce pays, il trouvait propice à sa passion de naturaliste, si son concours d'agrégation et les nombreux mémoires qu'il publiait sur les terrains volcaniques n'avaient forcé l'attention du monde savant et obligé le ministre à le pourvoir d'un poste meilleur. Il fut alors désigné pour occuper la même chaire au lycée national de Montpellier.

Quatre ans après, la chaire de paléontologie comparée à la Faculté des sciences étant devenue vacante par le décès du titulaire, il affronta le concours et y battit deux jeunes agrégés venant tout droit de la capitale.

Tel était Roucairol, gagnant beaucoup même au physique à être regardé de très près. Débarrassé de son grotesque couvre-chef, son front apparaissait très large, très blanc, sans une ride et agréablement ombragé par de belles boucles brunes; le nez, mince, effilé, n'était pas sans finesse, et les ailes mobiles avaient des reflets de vieil ivoire. Ses yeux gris étaient pleins de douceur; d'ordinaire mornes et sans éclat, ils s'allumaient dès qu'on parlait préhistoire et pétillaient comme des braises si le hasard mettait devant eux une empreinte curieuse ou un fossile rare.

Mais ce qui, plus que tout, faisait sortir notre savant de son calme habituel, de son indifférence pour tout ce qui ne touchait pas à ses études, était de se rencontrer au cercle de la Lyre ou à l'Académie avec M. Camille Segaudy, son collègue.

Celui-ci avait débuté comme chargé de cours à la Faculté des sciences et suppléé pendant de nombreuses années le professeur d'anatomie comparée. Devenu le gendre d'un gros négociant en vins de la ville et fatigué d'attendre une chaire qu'on s'obstinait à lui refuser, il donna sa démission vers la quarantaine et se lança dans le commerce. Quinze ans après, il avait doublé sa fortune et se retirait des affaires, décidé à jouir d'un repos bien gagné. Il acheta une campagne aux bords du Lez et partagea désormais ses journées entre la pêche à la ligne et la chasse aux alouettes au miroir — au « miraillet » — comme on dit là-bas. Hélas! au bout de l'an Segaudy s'ennuyait à mourir dans son

« mas ». Il regrettait ses vastes magasins du faubourg Saint-Denis, la vue des foudres aux ventres rebondis, bien alignés, le bruit rythmé des pompes, la douce chanson du vin dans les siphons.

Il regrettait aussi les séances mouvementées, bruyantes, du mardi — jour de marché — sur la terrasse du café Sylvestre, où, entre deux bocks, le cigare aux lèvres, il roulait les paysans de Grabels, de Fabrègues, de Vendargues ou de Curnonterral, venus là pour vendre leur récolte.

Or, voici qu'un beau matin, en labourant une de ses vignes, les travailleurs mirent à jour une demi-douzaine de crânes humains, de fémurs et de tibias. On lui fit part de la trouvaille et, dans l'état d'esprit où il était, il n'en fallait pas davantage pour réveiller en lui les instincts du naturaliste et du professeur que vingt ans de négoce n'avaient pu étouffer. Il fut repris d'une véritable fièvre d'études, se remit à ses livres depuis si longtemps abandonnés, ordonna d'autres fouilles qu'il dirigea, bouleversa prés et vignes, et, comme son enclos avait été, à une époque fort lointaine, un cimetière de cordeliers, il eut bientôt transformé son « mas » en charnier. De là à consigner par écrit les résultats de ses recherches et de ses observations il n'y avait qu'un pas. Il le franchit d'autant plus vite qu'il fut encouragé par son voisin de campagne, M. Cassagnou. Le secrétaire perpétuel lui fit entrevoir, en effet, les honneurs de l'Académie montpelliéraine, et Segaudy se mit à la besogne, désireux d'établir dans un mémoire que l'ossature humaine est depuis des siècles en pleine dégénérescence.

Huit mois après, la section des sciences de l'Académie recevait communication de cette étude, la trouvait remarquable et appelait l'auteur dans son sein à l'unanimité des voix moins une — celle de M. Roucairol, maintenant professeur à la Faculté des sciences.

« Un « amateur », avait-il dédaigneusement murmuré en entendant proclamer le résultat du vote; et, depuis ce jour, le nouvel académicien avait eu beau travailler sans relâche, entasser brochures sur brochures, transformer son « maset » en musée anthropologique, devenir enfin d'une certaine force dans la matière, il ne voulut jamais le prendre au sérieux et refusa d'entrer en discussion avec lui aux séances de l'Académie.

Alors, par une manœuvre très habile, Segaudy partit en guerre, racontant partout que Roucairol ne savait pas un mot de paléontologie et que son ignorance l'obligeait à se taire quand lui, Segaudy, parlait à l'Académie. Il fit mieux : il obtint de professer un cours libre public et gratuit dans la grande salle de la Faculté des lettres; et comme à ce moment Roucairol enseignait à ses élèves la doctrine évolutionniste, les théories darwiniennes, il prit le contrepied de son enseignement. Comme on l'a vu, le public montpelliérain s'émut de cette lutte; Mgr Anastase de Cransac, le bouillant évêque du diocèse, lança contre Roucairol un mandement qui frôlait l'anathème. Entre les deux vieux amis Rastoul, l'huissier de la Faculté des lettres, auquel était échue la surveillance du cours libre de M. Segaudy, et Paleyrac, l'appariteur de la Faculté des sciences, entièrement dévoué à M. Roucairol, une brouille violente éclata. Bref, les deux adversaires eurent chacun leurs partisans et Roucairol fut obligé de compter avec Segaudy, tout en continuant à le traiter — en petit comité — de paléontologue-marchand de vin...

Donc, une fois son défi jeté d'une voix vibrante dans la salle de l'Académie et son rendez-vous crânement donné à Segaudy, notre savant sans plus tarder se mit à la recherche de la vertèbre absente.

« Nul doute, pensa-t-il, qu'elle ne se trouve inconnue ou faussement cataloguée dans quelque musée d'Europe; il me sera facile de la reconnaître en la comparant au reste de l'ossature ». Après avoir obtenu du ministre un assez long congé justifié par une mission scientifique, il parcourut, en compagnie de son fidèle Paleyrac, toutes les villes savantes du monde, visitant toutes les collections, scrutant, fouillant, mesurant tous les débris osseux, tous les fragments de squelette d'origine douteuse et de classification incertaine.

On le vit tour à tour à Paris, à Londres, à Oxford, à Heidelberg, à Vienne, à Coïmbre, à Madrid, et trois mois s'étaient écoulés sans qu'il eût trouvé le moindre vestige de la vertèbre.

Ce soir-là après trois longues journées passées à fureter en vain dans les collections scientifiques de Naples, Roucairol et Paleyrac cheminaient mélancoliques sur la route du Pausilippe, au trot cahotant de deux rossinantes, sur le plus délabré des « corriocoli ».

Ni les haillons pittoresques de leur cocher, — un Napolitain brun et velu comme une taupe, — ni son intarissable et drolatique bagout n'avaient pu leur arracher un sourire, pas la moindre monosyllabe; si bien que les prenant pour deux Anglais atteints du spleen, notre Italien, de guerre lasse, s'était résigné au silence.

Insensible à la beauté du paysage, à la douceur du ciel, à la limpidité de l'air tout imprégné de la senteur des orangers, Roucairol traversait ces « champs phlégréens », ces campagnes ardentes, n'ayant d'yeux que pour les traces volcaniques, les phénomènes géologiques dont l'activité n'est pas encore éteinte, et qui excitait sa passion de savant. Il en oubliait ses déboires et ses déconvenues dans la recherche de la vertèbre.

Paleyrac, de son côté, ne se sentait pas le moins du monde ému par les splendeurs du Pausilippe; Paleyrac regrettait le Clapas. Le Peyrou lui manquait et il soupirait après ses longues parties de « Loup » au banc des « Courtes-Vies ». Ne plus se chamailler avec Rastoul, l'appariteur de Segaudy, à propos d'un pion mal placé ou des doctrines de leurs maîtres pour lesquelles ils se passionnaient sans en comprendre un mot, bien entendu; ne plus parader, la chaînette d'acier au cou, dans la salle des cours de la Faculté et ne pouvoir, vers les six heures, étrangler le quotidien perroquet sur la terrasse du père Vianès, il n'imaginait point de plus insupportable supplice.

Tout à coup, un heurt du corriocoli, mit un terme à leurs réflexions respectives et les projeta l'un contre l'autre. Une pluie de jurons italiens tombant de deux bouches furieuses acheva de les étourdir. En même temps, la voix épouvantée d'une femme cria, en très bon français cette fois :

— Ah! mon Dieu! je suis blessée!

Roucairol le premier se ressaisit et bondit hors du véhicule. Alenti par ses rhumatismes, Paleyrac le suivit de quelques secondes, et ce qu'ils virent alors les fit à la fois s'indigner et rire.

Leur voiture venait d'en accrocher une autre se dirigeant en sens inverse, si antique et si délabrée qu'elle avait laissé une roue dans la bataille, s'était affaissée sur le côté, étalant au milieu de la route son contenu : deux dames françaises, dont l'une pouvait bien avoir trente ans et l'autre assurément plus du double.

Avant que Paleyrac et Roucairol fussent près d'elles, la jeune se releva saine et sauve et en un clin d'œil répara le désordre de sa toilette, mais la vieille continua à se débattre dans un buisson bordant la route et dont les ronces furent si indiscrètes que nos Clapassiers ne purent réprimer leurs rires, tandis que les deux Napolitains, oubliant de s'injurier, se tordaient comme Pulcinello.

— Mon Dieu! ma pauvre Mariette, elle se sera tuée! s'exclama douloureusement la jeune femme.

— Je crois, pour ma part, qu'elle n'a rien, répondit Roucairol, tout en aidant Paleyrac à disputer la vieille aux ronces et aux aubépines.

— Quelques égratignures tout au plus, fit poliment l'appariteur en qui l'ancien sous-officier des zéphirs se réveillait devant sa jolie compatriote.

En effet, une fois débarrassée des épines audacieuses, celle qu'on appelait Mariette refusa pour se relever le secours de ses aides, et, plus rouge que les coquelicots des prés voisins, vint s'enquérir de sa jeune maîtresse, non sans jeter à ses deux sauveurs un coup d'œil furieux de dévote dont on a vu la jarretière.

— Je crois, ma bonne, répondit la jeune femme en riant, que nous en serons quittes pour la peur; il ne nous reste plus qu'à remercier ces messieurs et à regagner Naples en marchant.

Elle comptait sans le cocher, qui les voyant hors de danger toutes deux, reprit le cours de ses invectives non plus contre son collègue, seul coupable, mais contre elles, et avec une audace de lazzarone leur réclama vingt lires de dommage.

— Veux-tu clore ton bec, vieux filou! lui cria Paleyrac furieux; toi, ta rossinante et son tombereau ne valez pas quarante sols.

Et se tournant vers les deux femmes :

— Mesdames, ajouta-t-il, voulez-vous nous faire l'honneur de monter dans notre voiture?

— Mais vous allez en sens opposé!

— Qu'à cela ne tienne, intervint Roucairol; notre course n'est pas pressée, et nous la remettrons à demain.

— Dans ce cas, il serait puéril de refuser.

On s'empila dans le véhicule, et l'on reprit la route de Naples, tandis que le cocher, resté en détresse, leur adressait mille sottises.

La galanterie n'était pas le fort de Roucairol, et, de sa vie, il n'avait jamais autant fait pour le sexe aimable qu'en cette extraordinaire circonstance. Aussi, malgré la présence des deux femmes, et sans même les voir dévisagées sérieusement ne tarda-t-il pas à se plonger dans son mutisme méditatif.

Paleyrac, au contraire, moins obsédé par l'Homme-singe, ne se montra pas fâché de causer un brin avec sa charmante compatriote. Cela le changeait des Napolitaines, dont un instant avant il contestait avec irritation la beauté. Il continua donc à lui prodiguer mille attentions, et leur conversation ne tarda pas à devenir cordiale.

— Je suis Française, oui, monsieur, répondait la dame à l'une de ses aimables questions.

— Et du Midi encore, intervint-il la bouche en cœur.

— Sans doute mon accent m'a trahie.

— Vous en avez si peu; non, madame, c'est votre beauté. Il n'y a que dans notre Midi qu'on sait être belle à ce point.

Et s'échauffant peu à peu :

— Quand on pense, s'écria-t-il, que ces vagabonds d'Anglais n'ont pas assez d'admiration pour les moricaudes de par ici; c'est comme le paysage, croyez-vous, madame, que le nôtre ne vaut pas cent fois celui-là? Pour moi, je me demande pourquoi, quand on a le bonheur de vivre sous notre ciel méridional, on s'aventure sous celui-ci.

— Il est parfois des nécessités douloureuses, interrompit la jeune femme...

— Oh! dans ce cas... balbutia Paleyrac en mettant dans ses yeux un tel désir d'en savoir davantage que la dame continua :

— Oui, quand je vins ici, pour la première fois, il y a deux ans, lors de mon voyage de noces, je ne songeais pas que la tristesse d'une perte irréparable m'y pousserait un jour à la recherche de doux et lointains souvenirs.

— Ces sentiments vous honorent, madame, s'écria l'appariteur enthousiasmé...

Et après un moment de silence, l'œil humide, et la main sur le cœur :

— Ah! poursuivit-il, je vous donne mon billet que je ne serais pas resté vieux garçon, si...

— Et maintenant, coupa la dame quelque peu effrayée et rougissante, nous retournons dans l'Hérault, à Roujan.

— A Roujan! répéta la voix caverneuse de Roucairol, que ce mot venait de faire bondir sur son siège.

Les femmes le regardèrent effrayées, et Paleyrac lui-même quelque peu étonné dressa l'oreille.

— Mon Dieu! que j'étais simple, continua le savant, sans un seul instant prendre garde à ses auditrices. Mais c'est là seulement, là dans la grotte de Caramaou où le squelette a été découvert et pas ailleurs que...

Il s'interrompit brusquement et, après avoir jeté autour de lui un regard plein de défiance, il attira vers lui Paleyrac pour lui parler à l'oreille.

— Evidemment! clama l'appariteur, auquel l'idée de rentrer tout de suite au Clapas fit soudainement oublier la jeune femme.

Et ils se mirent à discuter à voix très basse, avec des allures de conspirateurs, sur les heures des trains, et sur l'itinéraire qui les porterait le plus vite à Roujan.

Il n'y avait pas de temps à perdre : un mois seulement les séparait du Congrès des naturalistes.

On était arrivé à la ville, la jeune veuve fit signe au cocher d'arrêter; elle était devant son hôtel.

Elle aida sa bonne à descendre et, avec force remerciements, prit congé des deux hommes dont la mine hagarde n'était plus pour les rassurer.

Une heure après, leurs malles faites, leurs valises bouclées avec une hâte fébrile, Roucairol et Paleyrac s'engouffraient dans l'express de Nice.

III

ARAMAOU! un triste nom s'il en fut oncques et merveilleusement approprié au paysage dans lequel s'ouvre la fameuse grotte.

En effet, il faudrait aller bien loin et bien haut dans la région des Causses pour trouver un ruisselet plus menu et plus caillouteux à la fois que celui du Recaudi. En hiver, grâce aux pluies et aux infiltrations des calcaires voisins, il y coule assez d'eau pour laver la chevelure moussue des galets;

— Suivez-la, fit-elle, et couchez ce pauvre monsieur dans le lit (p. 7)

mais l'été, pécaire! il n'y en a même pas pour désaltérer une grive. Sur ses rives abandonnées — véritables bordures de granit — de loin en loin une yeuse se tord lamentable, et c'est à peine si roitelets et martins-pêcheurs y trouvent, pour y faire leur nid, un maigre bouquet d'amarines.

C'est à la base de l'un d'eux et sur les bords du Recaudi que s'ouvre, par deux énormes orifices, la caverne de Caramaou, qui allait devenir illustre par les fouilles de Roucairol.

Depuis longtemps, grâce aux recherches d'un certain Gédéon Maraval, paléontologue du cru et collectionneur enragé de fossiles, recherches d'ailleurs peu connues du monde savant, on ne doutait plus dans le pays qu'en cette habitation pittoresque, sinon confortable, nos ancêtres avaient vécu. Des silex taillés, quelques débris de poterie trouvés pêle-mêle avec des agrafes, des amulettes sculptées dans une dent de renne et autres menus objets d'un art aussi primitif en étaient la preuve incontestable.

Ce fut donc par un matin d'avril, jour de dimanche, que Roucairol et Paleyrac débarquèrent à Roujan, grosse bourgade sise à quelques kilomètres de Caramaou.

En les voyant descendre de la diligence, les habitants qui faisaient leur partie de boules sur la place parurent quelque peu surpris. L'accoutrement de Roucairol les étonnait par-dessus tout. Evidemment ils n'avaient jamais vu un feutre de forme pareille, aux basques d'une houppelande aussi vaste, aux basques d'une extraordinaire ampleur et dont les poches étaient assez profondes pour contenir, préalablement désarticulé, le squelette de l' « ours des cavernes ». Mais quand le conducteur descendit son bagage à l'impériale, la stupeur des joueurs de boules fut à son comble.

Devant l'outillage complexe du savant, crâniomètres, cyrtomètres, loupes, maillets, microscopes, dont il surveillait le transport avec une attention extrême les uns crièrent : « C'est un physicien qui vient nous montrer des tours! Ou bien un arracheur de dents! » firent les autres. Et tous ceux qui avaient des molaires gâtées coururent à la « Mule-Grise », l'auberge qu'il avait choisie.

Paleyrac sur un ton quelque peu bourru, se chargea de les détromper, et, tandis que son maître mettait un peu d'ordre dans ses outils, il appela l'aubergiste :

— Monsieur, lui demanda-t-il, pourrait-on trouver dans votre village quatre hommes munis de pioches et de pelles et qui, moyennant une juste rétribution, s'en viendraient avec nous demain dès la pointe du jour à la grotte de Caramaou?

— Qu'à cela ne tienne, répondit Junior Vissec : en ce moment rien ne presse aux champs; la vigne fait ses feuilles et les foins sont bien jeunets. Vous en aurez donc cinquante si vous le voulez.

— Non, quatre nous sont suffisants...

— Ils seront ici avant l'aube.

— Entendu...

Le soir même tout le village savait que les étrangers arrivés le matin étaient deux savants venus de Montpellier pour fouiller Caramaou et y chercher des pierres et des os.

— Il fera comme feu Maraval, observa dans un groupe M. Jean Coupiac, le vétérinaire; lui aussi était un savant et avait la manie de fureter dans les grottes; un jour, vous le savez aussi bien que moi, en fouillant celle de Caramaou, qu'il connaissait bien pourtant, il disparut au fond d'un trou dont il ne soupçonnait pas l'existence, et on le rapporta mort à Valeuzières.

— Hum! hum! fit sur un ton sceptique Prosper Esclafit, le patron du « Soleil d'Or », furieux de s'être vu préférer la « Mule Grise », peut-être bien qu'ils ne cherchent pas des cailloux, ces gaillards.

Et prenant un ton solennel :

— Nul n'ignore qu'au temps de la Révolution des trésors furent enfouis dans la grotte par les seigneurs de Cassan. Il y a encore dans Roujan des anciens qui l'attesteront.

— Allons donc, interrompit Coupiac, ce sont là racontars de coin de feu et sornette de vieilles femmes.

Quoi qu'il en soit, il n'en fallut pas davantage pour mettre tout le village en rumeur.

Certains Roujanais naïfs crurent aux insinuations de Prosper Esclafit et adressèrent à M. Boucassert, notaire et maire de la commune, une protestation motivée contre les fouilles des étrangers. Le tabellion dont la réélection prochaine n'était rien moins qu'assurée, crut devoir prêter l'oreille à cette injonction et fut sur le point d'interdire l'accès de la grotte au professeur Roucairol.

Heureusement pour celui-ci, il n'eut pas sur ce point la majorité du Conseil, le vétérinaire Coupiac, son ennemi et son premier adjoint, lui ayant fait une victorieuse opposition; celui-ci profita même de cette occasion pour montrer aux administrés combien peu ouvert et sagace était ce maire qui, pour assurer à la commune la possession du plus chimérique trésor, l'empêchait de devenir célèbre par les travaux d'un illustre savant.

L'opposition une fois vaincue, tout le monde s'intéressa avec passion aux fouilles de Roucairol et on se disputa pour l'accompagner à la grotte.

Les quatre hommes choisis par lui travaillèrent avec un entrain indicible, ayant au fond du cœur une vague espérance de mettre à jour des écus et l'intention bien arrêtée de garder pour eux leurs trouvailles.

De l'aube au crépuscule, les rives désertes du Recaudi retentirent des coups de pioche et les chansons des paysans s'encourageant au travail firent s'enfuir des pentes abruptes de Valeuzières les rares lapins qui les hantaient.

Hélas! on eut beau creuser, piocher partout, fouiller les menus recoins de la grotte et, en extrême prudence, tamiser chaque pelletée de terre, on découvrit de nombreux silex, force débris de poterie, mais pas la moindre vertèbre.

Cependant, les jours succédaient aux jours, la date du congrès s'approchait et l'infortuné Roucairol se lamentait sur l'inutilité de ses recherches. Il avait pourtant remarqué qu'au fond de la caverne, dans la dernière des anfractuosités se dissimulait un recoin dont les hommes ne s'étaient jamais approchés. Chaque fois que lui-même ou Paleyrac avait fait mine de s'y diriger, ils les avaient arrêtés, en leur disant sur un ton d'épouvante :

— N'allez pas là, c'est le Gouffre du Diable!

Malgré tout, voyant lui échapper une à une les chances qu'il avait de retrouver la vertèbre, il était bien décidé à pousser ses fouilles jusqu'à cet endroit; mais, lorsque le sol ayant été partout remué, il en parla aux travailleurs, ceux-ci n'eurent qu'un cri : Jamais ils ne s'aventureraient là où leur ancien maire, M. Maraval, perdit la vie!

Loin de le retenir, cette déclaration fut pour lui un stimulant des plus vifs; l'évocation de ce paléontologue local dont on l'obsédait depuis son arrivée à Roujan commençait à l'exaspérer. Du moment que ce simple amateur avait risqué et perdu sa vie dans l'intérêt de la science, pourquoi hésiterait-il à son tour? Il s'en ouvrit à Paleyrac, lequel, soupirant toujours après le Peyrou et fatigué de suivre ce Don Quichotte de la science, lui donna des conseils de Sancho.

Roucairol ne se tint pas pour battu; quelques semaines seulement le séparaient du Congrès; il se rappela son défi si véhément, se vit abandonné par les siens, bafoué par les ségaudiens quand il arriverait les mains vides. Mieux valait donc en finir et tenter sa dernière chance. D'ailleurs, l'existence de ce Gouffre du Diable ne lui paraissait pas démontrée : l'imagination seule des paysans pouvait fort bien l'avoir creusé; et, dans le cas où leurs dires seraient exacts, un examen attentif des lieux le portait à croire que depuis l'accident mortel de Maraval, ce gouffre avait dû être comblé par de lents éboulements successifs.

Aussi, après avoir proposé à ses travailleurs de doubler puis de tripler leur solde, comme ils maintenaient énergiquement leur refus et que Paleyrac continuait à s'abriter derrière un incurable rhumatisme, il résolut d'y aller seul.

Un frisson d'horreur saisit les villageois quand, armé d'une pioche et une lampe à la main, il s'élança dans les ténèbres...

Aussitôt la lumière s'éteignit en plongeant, un bruit mat retentit doublé par la sonorité de la grotte et on entendit le cri : « Au secours! » suivi d'un profond silence.

— Pécaïre! s'exclamèrent en chœur les quatre hommes en esquissant le signe de la croix. Plus brave qu'eux, Paleyrac s'empara d'une torche, l'alluma et se dirigea prudemment vers ce que l'on croyait être un gouffre.

— Mille dieux! cria-t-il au bout d'un instant, venez vite, mon pauvre maître est pendu... nous pouvons le tirer d'affaire.

A cet appel qui excluait tout danger, les travailleurs accoururent et, comme Paleyrac, restèrent cloués sur place par ce qu'ils voyaient. Sous la lumière de leurs torches, un palais splendide s'étalait avec ses colonnes de granit, ses piliers de marbre et ses poutrelles de porphyre. Des dentelles de cristal finement découpées, ajourées par un incomparable artiste, tombaient des plafonds, où en constellations radieuses se multipliaient les rubis, les saphirs, les turquoises.

Bientôt revenu de sa stupeur, Paleyrac montra aux Roujanais le corps de Roucairol. Au-dessous d'eux, à une longueur de bras à peine, il gisait inanimé, étroitement appliqué contre la muraille invisible, la tête en bas et ses longues jambes battant l'air comme les pattes d'une araignée gigantesque.

Quelle force mystérieuse le maintenait ainsi suspendu à l'orifice supérieur de ce gouffre? Comment n'avait-il pas plongé au fond? Les quatre hommes, en se demandant cela, n'étaient pas loin de crier au miracle. Le miracle, Paleyrac s'en aperçut bien vite, c'était l'ample redingote du savant qui l'avait accompli, en accrochant ses basques démesurées à l'une de ces innombrables stalactites qui simulaient des pierres précieuses, et cela, lorsque Roucairol, trouvant le vide sous ses pas s'était effondré.

Elle permit également à l'appariteur et à ses aides de retirer le paléontologue du gouffre, qui n'était qu'une anfractuosité profonde de la caverne jusqu'alors inexplorée.

Il était blême, ne donnait plus signe de vie, et deux filets sanglants ruisselaient de ses tempes.

— Pauvre! il a fini comme Maraval, soupirèrent en chœur les paysans, le croyant mort.

Pourtant, tandis que Paleyrac dépêchait l'un d'entre eux vers Roujan à la recherche du docteur, les trois autres ayant improvisé une civière, on décida de le porter au domaine de Valeuzières, qui était le plus rapproché de la grotte.

IV

C'ÉTAIT, sur la route départementale entre Roujan et Caramaou, une façon de ferme carrée et massive à la toiture rouge, aux volets verts, et qu'ombrageaient des alisiers et des platanes. Tout autour le paysage ne manquait pas de grandeur.

Depuis la mort tragique de son mari, Mme Rose Maraval, né Crouzat, vivait là en recluse, ne venant au village que le dimanche pour entendre la messe et ne recevant d'autres visites que celles de sa belle-mère, la vieille Mme Scholastique Maraval, et d'Isidore Maraval, son beau-frère.

Celui-ci, qui avait épousé Ernestine Crouzat, une sœur de la veuve, vivait dans une crainte continuelle de la voir se remarier, et, sa mère aidant, passait une partie de son temps à l'espionner. Jusque-là ni l'un ni l'autre n'avaient pu surprendre dans sa conduite rien qui donnât naissance au moindre soupçon.

Elle arrosait les fleurs de son jardin quand les trois paysans et Paleyrac se présentèrent à la grille. Coïncidences d'une étrange tristesse, il y avait deux ans par une soirée semblable d'avril, sur une civière pareille, des hommes vêtus du même bourgeon de travail lui avait apporté son mari. Il avait la même pâleur livide et de chaque côté de son front le même sillon sanglant.

Enfin, détail qui acheva de bouleverser son âme quelque peu superstitieuse, maintenant comme alors, tandis que l'Angélus tintait au clocher de Roujan et que dans le bassin minuscule parmi les ajoncs fleuris, une rainette — la même peut-être — jetait son attristante cantilène dans le silence du crépuscule, Mammouth, le chien favori de Gédéon, hurlait lamentablement et de plus montrait ses crocs à la civière.

Devant une évocation aussi frappante de ce lugubre instant elle faillit s'évanouir; mais cela ne dura qu'une seconde et le sentiment de l'hospitalité la poussa toute pâle vers la grille, qu'elle ouvrit d'une main tremblante.

— Mariette, cria-t-elle à sa bonne en lui tendant son trousseau de clefs, vite allez préparer la chambre du premier!

Puis, s'adressant aux hommes :

— Suivez-la, fit-elle, et couchez ce pauvre monsieur dans le lit.

Roucairol gisait, toujours inanimé, la figure sanglante. On monta la civière, on le déshabilla sans qu'il donnât signe de vie. Pendant ce temps Mme Maraval, très émue, cherchait sans les trouver les clefs de la pharmacie portative que feu Gédéon avait coutume de prendre avec lui dans ses excursions.

Depuis la mort de son mari, elle avait eu si peu l'occasion de s'en servir.

A ce moment le docteur Lognos arriva précédé et suivi par tous les oisifs du village. La nouvelle de l'accident s'était promptement répandue de Gabian à Faugères et de Roujan à Nefflès, et de partout on accourait pour avoir des détails...

— Mon Dieu! madame, répondait au bout d'un instant le médecin à la veuve qui l'interrogeait anxieuse dans le salon du chalet, tout ce que je puis vous dire c'est que votre hôte n'est pas mort. Je ne crois pourtant pas que son cas soit bien grave : il y a eu commotion cérébrale, c'est vrai, mais pas de lésion sérieuse, et il me paraît qu'il ne tardera pas à reprendre ses sens; quant à vous fixer maintenant, ainsi que vous le désirez, le jour où l'on pourra le transporter à Roujan, je ne saurais me prononcer.

Là-dessus il se retira, non sans avoir rappelé qu'il fallait maintenir soigneusement pendant la nuit des compresses d'eau fraîche sur le front du blessé.

Désormais rassuré sur le sort de son maître, Paleyrac se mit à courtiser la vieille Mariette, qui le rabroua, et à caresser Mammouth, qui lui montra les dents en grognant.

Ce que voyant, et Roucairol se trouvant entre bonnes mains, il regagna la « Mule-Grise ».

Après le départ du médecin, lorsque tous les curieux satisfaits eurent pris le chemin des villages, la maison retomba dans son calme habituel sous les platanes séculaires. D'ailleurs, la nuit était venue, enveloppant de son ombre la toiture poudreuse et le jardinet.

Assise sous les clématites déjà fleuries d'une charmille, Mme Maraval ne parvenait pas, quoi qu'elle fît, à retrouver son calme troublé par un événement si insolite. Rien de plus naturel jusque-là et de plus légitime que son trouble. Les analogies étaient si frappantes qu'elle ne pouvait s'empêcher de revivre l'heure tragique où si brutalement elle avait perdu son mari. Il lui en revenait mille détails depuis longtemps enfouis au fond de sa mémoire et qui provoquaient maints rapprochements douloureux.

Aucun des hommes présents dans la chambre à l'arrivée du docteur Lognos n'ayant été capable de l'aider, et Mariette étant trop vieille, elle avait dû pour panser les plaies du front, prêter au chirurgien le concours de ses mains fines, faire enfin pour M. Roucairol ce que deux ans auparavant elle fit pour son mari, mais, hélas! en pure perte. Et elle ne pouvait maintenant chasser de ses yeux tantôt l'une, tantôt l'autre de ces deux figures sanglantes. Mais ce qui la troublait plus encore, c'était dans les traits pâles du savant quelque chose de déjà vu, qu'elle ne pouvait préciser et qui soudainement malgré ses efforts l'intéressait à lui plus qu'elle n'aurait dû, croyait-elle.

C'est ainsi que, le regard fixé sur la fenêtre du premier, où blêmissait la lueur d'une veilleuse, elle se surprit à murmurer :

— Il en réchappera sans doute, d'après ce qu'a dit le docteur...

Puis traversée d'un remords soudain et reportant bien vite sa pensée sur Gédéon, elle ajouta :

— Tandis que lui, le pauvre... Elle n'acheva pas; mais une fois sur cette pente, elle revécut amèrement son passé.

Quel brave et digne époux avait été feu Maraval! Certes, il ne fut pas le mari de son choix; il lui avait paru trop rustre et trop balourd quand on le lui présenta pour la première fois. De fait, il était malingre et chétif, brun comme un moricaud et velu comme un bouc. Ah! si on n'eût pas pesé sur elle, elle n'aurait certainement pas pris celui-là; non, sa sympathie, pour ne pas dire son amour, était ailleurs, et elle aurait été trop heureuse d'accoupler ses vingt ans au vingt-trois ans de son cousin Ferdinand, tout frais émoulu de Saint-Cyr et qui, de temps à autre, venait à Roujan promener son épaulette et faire des effets de torse sous une tunique élégante; mais voilà, Ferdinand n'avait d'autre fortune que sa maigre solde de sous-lieutenant, tandis que les Maraval étaient la plus riche famille de Gabian.

De plus avare qu'elle il n'y avait dans le pays que celle des Crouzat. On citait de l'une et de l'autre des faits vraiment prodigieux.

Les deux fils Maraval devaient donc épouser les deux demoiselles Crouzat, c'était dans l'ordre, et l'accord fut bien vite établi entre les deux familles. On ne discuta pas longtemps sur la dot. Pourtant, la vieille Maraval, qui depuis des années caressait l'idée de ce double mariage, craignant que le père Crouzat ne trouvât pas ses fils assez riches avait exagéré le chiffre de sa fortune, et déclaré qu'une fois morte ils auraient trois cent mille francs chacun.

De son côté, mû par le même sentiment et ébloui par ces paroles, Antoine Crouzat affirma que la fortune de ses filles atteindrait quatre cent mille francs.

En attendant, pour se conformer au proverbe qui dit : « Si tu veux être aimé des tiens, garde ta viande jusqu'à la mort », ils avaient décidé de leur faire de part et d'autre une dot aussi maigre que possible, une cinquantaine de mille francs environ.

Rose épousa donc Gédéon et quelques mois après Ernestine convolait avec Isidore.

Une fois le mariage consommé, la veuve Maraval et le père Crouzat n'avaient eu rien de plus pressé que de s'enquérir à l'insu l'un de l'autre de la situation réelle de leur fortune, et avaient fait la désagréable constatation qu'il fallait en rabattre la moitié.

Malgré cela, une fois le « oui » prononcé devant le maire et le curé, Rosette comme on l'appelait, avait été toute à son mari, n'accordant que de loin en loin une pensée furtive à son jeune et fringant cousin, lequel, d'ailleurs, au courant des mœurs avaricieuses des Crouzat, du pain dur et de la piquette affreuse dont ils s'abreuvaient malgré leurs écus, ne tardait pas à prendre femme à son tour dans sa ville de garnison.

De son côté, Gédéon devint un mari exemplaire, toujours aux petits soins pour elle, ne lui refusant jamais rien. Elle eût été pour sûr bien ingrate, si elle ne se fût pas estimée heureuse. Sans doute Gédéon avait des manies, notamment celle des vieux cailloux, des vieux os, des tessons de bouteille et des pots cassés. Pour la satisfaire à loisir, il s'était installé tout près de la grotte de Caramaou, dans le domaine de Valeuzières qu'elle avait eu pour sa part, au lieu d'aller, ainsi qu'elle l'aurait voulu, s'établir à la ville et faire son métier d'avocat, sans clients bien entendu.

Sans doute aussi, il était souvent par monts et par vaux à la recherche de ces choses malpropres dont il emplissait la maison où elle restait seulette; mais la perfection n'est pas de ce monde et elle aurait pu rencontrer pis. Même de leurs deux ans de vie commune, en cet instant de rêverie, certaines heures lui revinrent où il fut exceptionnellement bon et affectueux; alors, en proie à je ne sais quelle langueur attendrie qui montait des fleurs entr'ouvertes et tombait du ciel apâli, elle pleura... A ce moment, la brise qui soufflait de la plaine lui apporta l'écho d'une sonnerie lente et douce; du côté de Roujan, vers Gabian et Faugères, ainsi que dans tous les hameaux voisins de pâles lueurs trouaient les ténèbres et oscillaient tristement; sur le pilon volcanique de Sainte-Marthe, le vieux château de Cassan, dont la lune caressait les ruines, prenait un aspect effrayant; il en montait des hululements de chouettes intermittents et lugubres comme un glas. Mme Maraval frissonna, et, une chauve-souris tombant des platanes l'ayant frôlée de son aile, elle eut peur et gagna sa chambre.

V

ELLE croyait trouver dans le sommeil une trêve à l'agitation de ses pensées et de son cœur, mais une fois couchée et la bougie éteinte, il lui fut impossible de clore les yeux. Dans le silence et l'obscurité, les moindres détails de la soirée surgissaient avec plus de netteté encore mais sans être escortés des souvenirs du passé. Elle avait beau fermer avec frénésie ses paupières, elle se voyait toujours au chevet de M. Roucairol, étanchant avec une éponge les gouttes de sang qui sourdaient sous le stylet du médecin. Elle remarquait à nouveau combien les traits du savant étaient fins et corrects sous la pâleur qui les couvrait, combien blanches ses dents, sinueuses ses lèvres, et qu'il n'y avait pas un seul fil d'argent dans les longues boucles brunes de sa chevelure; la pensée d'avoir déjà vu ces traits quelque part recommençait à l'obséder. Quoi qu'elle fit pour arrêter sur cette pente son imagination déchaînée, elle ne pouvait s'empêcher de se demander cent fois par minute : « Où donc nous sommes-nous rencontrés? » Et quelques instants après : « Quel âge peut-il bien avoir? » Et aussitôt de se répondre à elle-même : « Assurément, il est jeune encore. »

Un autre détail surgit qui mit le rose à ses joues : comme elle avait demandé au docteur si on devait envoyer la nouvelle à sa femme : « Inutile, avait-il répondu, M. Roucairol est garçon ».

Du clocher de Roujan, les douze coups de minuit roulèrent dans la nuit limpide. Mon Dieu! mais qu'avait-elle donc à s'occuper ainsi de cet inconnu qu'un terrible hasard avait jeté dans sa maison? elle n'osa pas ajouter : et dans sa vie. Avant trois jours, il serait sur pied, prendrait congé et elle ne le reverrait plus. Et afin d'étouffer un remords qu'elle sentait poindre au fond de son âme, elle fit aussitôt maints efforts pour s'endormir.

Impossible. Le sommeil s'obstinait à la fuir. Alors, elle se rappela que depuis quelque temps elle négligeait de réciter, avant de se coucher, le *De profundis* quotidien promis le lendemain de son deuil à son défunt mari, et pour s'en punir, comme aussi pour s'obliger à ne penser qu'à lui, elle se jura d'en lire trois à la file, avec autant de ferveur qu'elle pourrait. Dès demain, elle irait renouveler les fleurs de sa tombe, elle avait obtenu qu'on l'inhumât dans son clos; de plus, elle ferait dire une messe à la paroisse de Roujan pour le repos de son âme, et commencerait une neuvaine à Saint-Gédéon, son patron...

Comme elle achevait son premier *De profundis*, de la chambre du blessé, dont la séparait seul un étroit corridor, elle crut entendre s'exhaler une plainte, une sorte de soupir prolongé. Elle ne commença pas le second.

— Mon Dieu, murmura-t-elle en se dressant, si Mariette s'était endormie en le veillant. Elle est si vieille, et commence à radoter quelque peu; et puis, n'ai-je pas surpris sur sa figure une évidente hostilité contre ce pauvre monsieur et son compagnon? Elle aussi a semblé vaguement les reconnaître; c'est une créature des Maraval; ils l'ont chargée de me surveiller, j'en suis certaine. Tout visage nouveau entrant dans cette maison a le don de l'épouvanter. Mon Dieu, « s'il » manquait de quelque chose, si le délire « le » prenait...

Chose bizarre, bien qu'elle ne remuât point les lèvres pour se dire cela, il lui sembla que ce « le » et ce « il » s'étranglaient dans sa gorge, et elle se sentait rougir.

Elle prêta de nouveau l'oreille et n'entendit plus rien. C'était le vent sans doute, les courtilières du jardin ou les chouettes de Cassan. Assurément, c'était tout cela à la fois, et elle le démêlait confusément; mais, au bout d'un instant, ce bruit se fit encore entendre; alors les sentiments complexes et mal définis qui l'agitaient et l'empêchaient de s'endormir le muèrent à ses oreilles en un appel désespéré, et la curiosité de le revoir contre laquelle elle luttait la poussant :

— Je ne puis pourtant pas le laisser sans secours, se dit-elle.

Et sautant au bas de son lit, elle gagna furtivement la chambre rose, frissonnante sous son peignoir et aussi pâle que si elle fût allée à un coupable rendez-vous. Son cœur battait à rompre quand, avec des précautions infinies, elle entr'ouvrit la porte.

Loin de s'être endormie, la vieille Mariette remplissait avec zèle son rôle de garde-malade, et, tout en égrenant entre ses doigts osseux un chapelet interminable, elle ne quittait pas des yeux le blessé. En voyant sa jeune maîtresse à cette heure, auprès du lit de l'étranger, elle eut un froncement de sourcils qui décontenança la pauvre Rosette.

— Avez-vous renouvelé les compresses selon la prescription du docteur? balbutia-t-elle en rougissant sous la sévérité de ce regard non moins que si elle eût été prise en faute.

— Oui, madame, il n'y a pas un quart d'heure, répondit sèchement Mariette; et, après un instant de silence, qui parut un siècle à la veuve : Madame ferait mieux de rester couchée et de ne pas se donner tant de mal pour un inconnu.

Elle eut malgré cela le courage de s'assurer que Mariette disait vrai, et de poser sa main fine sur le front brûlant du savant.

Pour sûr, si du vivant de M. Maraval elle l'eût trompé d'un baiser, elle n'en eût pas éprouvé pareil trouble; mais sous ce contact le visage de Roucairol, toujours en proie au coma, n'eut pas le moindre tressaillement. Pourtant son front avait perdu de sa lividité, deux taches roses avivaient ses joues où l'ombre de ses cils l'allongeait accrue par la clarté de la veilleuse; la barbe, n'avait plus son aspect hirsute; enfin, sous ce qui leur restait de pâleur, ses traits avaient pris une douceur morbide de Christ et rayonnaient d'intelligence.

Mme Maraval ne perdit pas un seul de ces détails, et comme frappée d'une réminiscence subite :

— Mon Dieu, Mariette, ne put-elle s'empêcher de dire, mais c'est le monsieur que nous avons rencontré tout récemment à Naples et qui nous tira d'un si mauvais pas avec l'aide de son ami.

— Madame ne se trompe pas, répondit plus sèchement encore Mariette, je les avais déjà reconnus.

Rosette n'insista pas et, tout en regagnant sa chambre, elle frissonnait plus que jamais sous son peignoir d'un coquet demi-violet. C'était de froid, sans doute; du moins elle le croyait, les nuits d'avril sont si humides. Aussi se pelotonna-t-elle frileusement dans son lit. Et, tandis que, maintenant, dans l'herbe haute des prés voisins les courtilières chantonnaient leur triste chanson nocturne, et que dans le campanile de Cassan les chouettes sonnaient leur glas, elle se remémora qu'elle devait encore, avant de s'endormir, deux *De profundis* à feu Maraval.

Elle les récitait d'ordinaire en français et en se transportant par la pensée dans les flammes du purgatoire où Gédéon n'avait peut-être pas fini de gémir.

Elle commença donc :

« Du fond de l'abîme j'ai crié vers vous, Seigneur, Seigneur, daignez exaucer ma voix. . »

Mais cette fois, hélas! le voyage mental dans les flammes purificatrices lui fut impossible, et c'était toujours à la chambre rose que sa pensée revenait.

Elle s'obstina pourtant :

« Que vos oreilles soient attentives à la voix de ma prière! »

Attentives, les oreilles du Seigneur l'étaient certainement, mais les siennes, hélas! malgré ses efforts, l'étaient très peu à ce que ses lèvres disaient, et persistaient à n'entendre que ces mots prononcés tout à l'heure par le docteur :

« M. Roucairol est garçon! »

« Pauvre Gédéon! » murmura la voix de la conscience, cette voix qui prend tous les tons.

Alors, saisie contre elle-même d'une rage mutine, elle enfonça ses deux pouces mignons dans ses oreilles et poursuivit :

« Si vous considérez les iniquités, Seigneur, Seigneur, qui subsistera devant vous? »

Pour le moment, ce qui s'obstinait, malgré tout, à subsister devant elle, c'était la chevelure bouclée du savant et l'éclat de ses dents blanches sous sa moustache brune.

« Infortuné Gédéon! » insista la voix.

Comme un enfant qui fait un caprice, elle cligna désespérément ses paupières, et très haut cette fois, dans le silence de la chambre :

« Mais vous êtes riche en miséricorde; je vous ai attendu à cause de votre loi, Seigneur ».

Evidemment, elle avait entendu jusqu'alors, Dieu seul sait avec quelle patience, une âme sœur de la sienne, car pour ce qui était de Gédéon...

« Malheureux Gédéon!... » clama la voix pour l'arrêter sur cette pente.

Afin d'en finir avec la tentation grandissante, elle acheva le psaume et le recommença d'une

haleine avec un marmottement irrité de dévote. Elle fut récompensée de sa vaillance et le sommeil vint enfin fermer ses paupières.

Par exemple, ce ne fut pas de feu Maraval qu'elle rêva; cela ne lui arrivait d'ailleurs plus, avouons-le, depuis quelque temps.

Cette nuit-là, Roucairol eut les honneurs de son rêve. Elle était à son chevet; elle le pansait avec un zèle plus attendri qu'il n'eût fallu; et, quand elle se réveilla, elle se promenait à son bras sur les coteaux du Pausilippe.

Les songes ne sont, il est vrai, que des songes; néanmoins, elle se reprocha le sien vivement et, pour faire pénitence, elle résolut de ne point commencer sa journée en allant aux nouvelles à la chambre rose, malgré l'envie qu'elle en avait, mais de donner sa matinée à la mémoire de Gédéon.

Donc, ayant dépêché ses prières, elle se dirigea vers Roujan pour, selon ses résolutions de la nuit, commander trois messes de six francs chacune à M. le curé Chavernac, puis elle allumerait un cierge de huit livres dans la chapelle de Notre-Dame de la Rédemption et commencerait sa neuvaine à saint Gédéon.

Chemin faisant, en bonne ménagère qu'elle était, elle calcula les dépenses qu'entraîneraient ces bonnes actions.

Dix-huit francs de messes et douze francs de cire; au total, trente francs.

— Bonne Vierge, mais c'est une somme, murmura-t-elle, car, fille des Crouzat, elle avait hérité quelque peu de leur avarice, six francs par messe! Décidément M. le curé Chavernac avait des tarifs un peu chers. Et pas de marchandage possible avec lui; il ne rabattait jamais un centime, tandis qu'avec M. Gasc, son vicaire, on s'entendait facilement. Tout le monde savait dans le pays qu'il demandait cinq francs pour en avoir deux; même en insistant quelque peu il vous laissait sa messe à trente sous.

Jusqu'à présent c'est vrai, quand il s'était agi d'épargner à son Gédéon quelques années de purgatoire, elle n'avait rien ménagé et avait porté ses écus à M. le curé Chavernac. Mais les temps devenaient si mauvais; pourquoi ne s'adresserait-elle pas à M. Gasc?

Est-ce que ses messes ne valaient pas pour le repos des âmes celles de son doyen?

Si, n'est-ce pas? Elle serait donc bien niaise de ne point, puisque cela se pouvait, sauvegarder sa bourse et les intérêts spirituels de Gédéon.

C'est comme pour le cierge : Notre-Dame de la Rédemption serait aussi satisfaite et ne ferait ni plus ni moins pour celui de douze francs que pour un autre de quatre; ce qui réduirait la dépense à huit francs cinquante.

Tout entière à ces petits calculs, elle trottait menu sur la grand'route. Ce qui ne l'empêchait pas de veiller à ce que la poussière ne défraîchît pas sa toilette, mon Dieu, oui, elle en avait fait un brin, un gros brin même de plus qu'à l'ordinaire. Ne le fallait-il pas d'ailleurs pour se présenter à la cure? Et puis dans le cas probable où M. Roucairol reprendrait, ce matin-là, connaissance, ne convenait-il pas qu'il eût d'abord bonne opinion de la maison où l'avait conduit la main de la Providence

Et cela l'occupait si fort qu'elle ne voyait rien de la belle aurore printanière dont les chansons et les parfums la saluaient.

VI

EPENDANT si la nuit de Mme Maraval avait été très agitée, les rêves comateux de Roucairol ne le furent pas moins. Bien qu'il restât toujours immobile et rigide, sous son crâne sanglant, une véritable tempête éclata que rien, ni un pli de ses paupières closes, ni une contraction de son pâle visage, ne révéla à la vieille Mariette attentive.

Tantôt il se croyait au Cercle de la Lyre, parmi ses collègues dédaigneux, obligé de subir, après son insuccès, les brocards des uns, la fine ironie des autres. Puis il était à l'Académie, abandonné de ses partisans, de ses élèves et seul avec le squelette mutilé de l'Homme-singe contre la foule des segaudiens déchaînés. Mais où son humiliation n'avait plus de bornes, c'était de se voir en pleine séance du Congrès et d'entendre Segaudy triomphant, le verbe haut, l'accabler de sarcastiques objections aux applaudissements de savants attirés là, par son défi, de tous les points du globe.

Et, comme il arrive bien souvent dans les cauchemars, sa langue était de plomb, et il se consumait en efforts inutiles pour tirer de sa gorge une riposte.

Tout le monde sait avec quelle rapidité les événements se succèdent en ces sortes de rêves; on vit des années en quelques heures. Ainsi Roucairol refit en quelques minutes son voyage à travers les musées et les collections de l'Europe, mais cette fois partout accueilli par le dédain de ses collègues étrangers et les huées des garçons de salle. Enfin il arrivait à la grotte du Pausilippe, et était sur le coup transporté dans celle de Caramaou; dès lors le cauchemar se transformait en le plus beau des songes. Métamorphosée en fée bienfaisante, la jeune inconnue rencontrée à Naples lui ouvrait d'un coup de baguette le recoin mystérieux et inexploré de la caverne. Là, au milieu de ce palais magique, dans un cadre digne d'elle, parmi les émeraudes, les rubis, les turquoises, sous un îlot de dentelles diamantées, se trouvait enchâssée, comme une pierre cent fois plus précieuse, la fameuse vertèbre tant cherchée; et la bonne fée, un sourire aux lèvres, la lui présentait sur un coussin de velours rouge, brodé or.

A ce moment, ainsi que l'avait prévu le docteur, la congestion du cerveau cessant, Roucairol ouvrit les yeux et, si ce qu'il venait d'apercevoir en songe l'avait profondément réjoui, ce qu'il vit alors devant lui le plongea en une douce et indicible stupeur.

C'était, ni plus ni moins, la continuation bien réelle, cette fois de, son rêve; le milieu seul avait changé.

Le long des quatre murs qui l'entouraient, de somptueuses armoires en vieux chêne s'alignaient, soigneusement vitrées, et sur les étagères desquelles s'entassaient dans un ordre parfait de véritables merveilles paléontologiques. Tous les âges de l'époque antédiluvienne y étaient représentés. Il y avait là des « empreintes » de l'ours des cavernes d'une netteté à affoler de joie un amoureux de la préhistoire, des silex taillés en flèches, des dents de renne, entre deux clavicules de mammouth, une omoplate d'elephas primogenius pour la possession de laquelle Roucairol, sans hésitation, eût donné dix ans de sa vie. Un peu partout des craniomètres, des loupes, des marteaux, tout l'appareil nécessaire à la recherche des fossiles, et, appendue au-dessus de la cheminée, sa propre carte paléontologique du département; enfin, à la place d'honneur, sous un globe de verre, ô miracle! la fameuse vertèbre coccygienne de l'Homme-singe rayonnait comme un ostensoir sur l'autel.

Il regarda autour de lui et se vit seul. Mariette avait cru pouvoir le quitter un instant et s'en était allée préparer le déjeuner de sa maîtresse. Alors, pour s'assurer qu'ils ne poursuivait plus son rêve, d'un geste qui lui était familier, il se frappa le front; une douleur aiguë et le contact du pansement, en lui rappelant sa chute dans la grotte, le convainquirent de la réalité de ses visions.

Il eut un cri de joie involontaire, après quoi il se recueillit pour tirer au clair sa situation.

Evidemment il se trouvait chez un confrère en paléontologie et dans son cabinet de travail. Puis avec ses idées, ses souvenirs lui venant, il se rappela ce défunt Maraval, un amateur de fossiles, dont on lui avait tant parlé avant et pendant les fouilles.

— Je ne puis être que chez lui! articula-t-il aussitôt.

Au même instant son regard s'arrêtait sur un portrait qui, dans son cabinet de vieil or, ornait le chambranle d'une fenêtre, le portrait de feu Maraval sans doute. C'était un homme d'une quarantaine d'années environ : gros, gras, bedonnant, ses quatre années de mariage lui ayant beaucoup profité.

Sans le vouloir et sans le savoir peut-être, l'artiste avait fait un chef-d'œuvre. Le front étroit et légèrement bossué accusait, à défaut d'une pensée active, un entêtement sans pareil; cette opiniâtreté se lisait aussi dans la mâchoire supérieure proéminente que cachait une moustache brune; l'œil, vif, âpre, paraissait embrasser tous les fossiles qui l'entouraient, auxquels il avait consacré sa vie et pour lesquels il était mort, et en affirmer la possession même par delà la tombe.

A ce moment surtout un rayon de soleil venu du jardinet frôlait le cadre d'or, éclairait les prunelles, mettait un sourire sur les lèvres d'où semblait sortir à l'adresse de Roucairol : « Soyez donc le bienvenu, cher maître ». Et cela avec tant d'intensité et de vie que notre savant fut sur le point de répondre :

— Enchanté, cher monsieur.

Cependant son regard était retombé sur le coussin de velours rouge; bien que brisé, moulu par sa chute, il se dressa, quitta son lit, hypnotisé par la vertèbre, et, dans le plus sommaire costume, s'approcha de l'armoire pour se livrer à la plus véhémente contemplation.

Impossible d'en douter, c'était bien elle avec ses segments supplémentaires, vestiges de l'appendice caudal, telle qu'il l'avait supposée, d'après le reste de l'ossature, et qu'il l'avait décrite au cours de la fameuse séance de l'académie.

Il l'adaptait par la pensée au squelette et l'Homme-singe surgissait enfin devant lui dans son intégrité rayonnante.

Ah! Segaudy et les segaudiens pouvaient disparaître sous terre! Avec quelle joie il les confondrait, les écraserait de ses arguments devant tous les savants du monde. Et puis, toute question personnelle écartée, quel beau jour pour la science! Quel triomphe pour ses théories et quelle gloire pour la vieille Université montpelliéraine, à laquelle il était fier d'appartenir!

Alors son cerveau étant encore affaibli par la commotion, il fut pris d'une si vive allégresse qu'oubliant ses plaies et ses contusions, sa dignité de savant et son rudimentaire vêtement, comme David devant l'arche, il se mit à danser devant l'armoire.

A ce moment, la porte de la chambre s'ouvrit et la vieille Mariette entra.

— Oh! fit-elle, et, laissant tomber de ses mains un vase plein d'eau fraîche pour les compresses, elle redescendit les escaliers quatre à quatre.

Mme Maraval arrivait du village toute rosée par la course et par le bonheur du devoir accompli.

— Madame! madame! lui cria la vieille sur un ton d'épouvante.

La jolie veuve devint très pâle.

— Voyons, qu'y a-t-il, Mariette? interrogea-t-elle anxieuse.

Et comme suffoquée par ce spectacle si inattendu pour elle d'un savant cinq minutes avant moribond et maintenant gambadant aussi peu vêtu dans sa chambre, Mariette cherchait ses mots sans les trouver.

— Parle, mais parle donc, reprit-elle en la secouant vivement. Est-ce que le malade est plus mal? est-ce que. .

— Oh! non, madame, finit-elle par dire, c'est tout le contraire, figurez-vous qu'il danse.

— Il danse? reprit Rosette interloquée.

— Oui, madame, et en chemise encore! ajouta la vieille avec toute la rougeur dont est possible un visage de dévote scandalisée.

— Mais alors, c'est qu'il a le délire, conclut Mme Maraval; vite, vite, Mariette, remontez le faire coucher. Et sur un ton de reproche : Ça n'est pas bien d'abandonner un malade à ce moment.

— Mais madame n'y pense pas, riposta la vieille fille exaspérée; que j'aille seule, moi, dans la chambre de cet homme qui...

— Grand Dieu! la belle affaire, et quel danger courez-vous donc? Est-il plus convenable que j'y monte, moi, car enfin on ne peut pas le laisser ainsi tout seul, en proie à son délire; il pourrait se jeter par la fenêtre.

— Qu'il s'y jette, répliqua sèchement l'implacable Mariette; madame n'avait qu'à ne pas le recevoir.

Rosette allait riposter et, qui sait? peut-être faire elle-même, par humanité, oh! par humanité seulement, ce que cette bigote refusait de faire, quand l'arrivée du docteur Lognos, accompagné de Paleyrac, mit un terme à cette scène pénible et à la situation quelque peu délicate de la jeune veuve.

Quand elle l'eut renseigné en quelques mots sur ce qui se passait :

— Evidemment, fit-il, ce ne peut être que du délire; après la dépression, l'excitation; c'est dans l'ordre.

Et il se dirigea vers la chambre rose, toujours suivi de Paleyrac et de Mariette qui bougonnait.

Si elle n'eût écouté que le désir secret de son cœur, Mme Maraval, très émue par l'air mystérieux du médecin, les aurait accompagnés, pour avoir aussitôt des nouvelles, mais, ayant bien commencé sa journée, et aussi craignant les regards gênants de la vieille, elle voulut persévérer et eut le courage d'aller au jardin attendre la sortie du docteur.

Le beau soleil d'avril dorait les feuilles nouvelles, avivait jacinthes, tulipes, toute la flore brillante et précoce des parterres.

Ce n'était que parfums, chansons, couleurs dans la lumière frémissante, l'exquise griserie du renouveau flottait dans l'air limpide.

Pourtant, au milieu de cette fête du printemps, Rosette se promenait soucieuse et aux trilles amoureux des rossignols répondait par d'involontaires soupirs.

Mon Dieu! cette vague tristesse parmi les joies de la nature, elle se le reprochait bien quelque peu. Chaque année depuis la mort de Gédéon, quand son jardinet s'emplissait de nids et de fleurs nouvelles, elle éprouvait cette mélancolie, ce trouble confus de son âme, mais ce ne fut jamais, elle en avait conscience, avec autant d'intensité qu'aujourd'hui.

Elle se disait bien, comme excuse, — que la cause en était, sans doute, dans ce commencement de matinée tout entier consacré à ses devoirs envers la mémoire de Maraval; mais, au fond, elle n'y croyait guère. Et, comme la pensée dont nous sommes pleins finit toujours par triompher de celles sous lesquelles nous voulons la dissimuler à nous-mêmes, elle ne tarda pas à revenir à ses réflexions nocturnes.

« Ce pauvre M. Roucairol, songeait-elle, le voilà dans un triste état; aussi quelle idée d'exposer sa vie pour des cailloux ou de vieux os; c'est comme feu Gédéon (que Dieu ait son âme), quel besoin pour lui de passer ses journées dans la grotte de Caramaou? Ah! si j'avais dans mes connaissances des jeunes filles à marier, et qu'elles me demandassent un conseil, je sais bien celui que je leur donnerais : Gardez-vous des savants! leur dirai-je .. Et moi-même si c'était à recommencer, je... »

Un remords, la voix de sa conscience qui depuis hier lui clamait : Gédéon! à chaque écart de sa pensée, l'arrêtèrent un instant sur cette pente. Mais la vue de deux rossignols qui, brindille à brindille, édifiaient leur nid dans un buisson de chèvrefeuille avec de petits cris joyeux, l'exaspéra soudain contre ce souvenir importun. Autour d'elle, en ce moment, le silence était tel qu'on eût pu entendre les baisers embaumés des roses et des papillons.

« Eh bien, oui, poursuivit-elle, le cœur battant et l'œil humide, qu'y aurait-il d'étonnant à cela? Voilà deux ans que je suis veuve, et de quel bonheur ai-je joui durant la vie de mon mari? Oui, alors que moi je fus pour lui ce que doit être une épouse vertueuse et sage, que fit-il, lui, pour me rendre heureuse durant nos quatre années d'existence commune? Oh! notre lune de miel fut courte; à peine étions-nous mariés qu'il m'abandonnait pour ses fossiles; afin de pouvoir se livrer plus aisément à cette singulière passion, il n'hésitait pas à violer les promesses qu'il me fit avant de nous établir à la ville, et à me cloîtrer avec dans ces lieux sauvages. Certes, nul ne contestera que j'eus du mérite à me résigner, et je ne vois pas non plus ce qu'on pourrait reprocher jusqu'à présent à mon veuvage. Et malgré tout cela, n'ai-je pas fait pour sa mémoire tout ce que mon devoir m'ordonnait de faire? Au lendemain de mon malheur, n'ai-je pas dans un médaillon d'or fin déposé une boucle de ses cheveux et fait graver la terrible date? Et pour le repos de son âme ai-je épargné messes et neuvaines? Dois-je enfin, maintenant que me voilà seule, fermer à sa vingt-huitième feuille le livre de mon existence? car je n'ai que vingt-huit ans, ou plutôt, pour être juste, vingt-sept ans, quatre mois et six jours... »

Elle s'arrêta de penser. Autour d'elle, le silence était tel qu'on entendait de plus en plus distinctement le bruit des baisers dont les papillons effleuraient les roses.

A ce moment, le médecin descendait de la chambre, et ce fut avec un empressement mal dissimulé qu'elle se porta à sa rencontre.

— Eh bien, docteur, interrogea-t-elle en cachant l'émotion de sa voix, croyez-vous toujours qu'il s'en tirera?

— Plus que jamais, madame; le délire, si toutefois il y en a eu, a cessé pour le moment; ce qui importe maintenant, c'est de garder le repos le plus absolu, pour permettre la guérison de la double entorse dont je viens de constater l'existence aux chevilles de M. Roucairol.

— Alors, ce sera long? balbutia Rosette très rouge.

— Mon Dieu, oui, madame; du moment, je le répète, qu'il y a double entorse...

Et, très pressé, il s'en alla sans même achever sa phrase.

A nouveau, seule, dans le jardin, il sembla à Mme Maraval que se dissipait, comme une brume, la grisaille dont toute chose s'enveloppait naguère autour d'elle, que les gazons étincelaient, que chaque fleur distillait du soleil dans sa corolle et que les jeunes feuillages hantés par les rossignolets brillaient d'un beau vert d'espérance.

Et parmi les bruits doux et joyeux du jardinet, elle crut ouïr une voix lui dire : « Pourquoi maintenant qu'il est recouché, n'irais-tu pas prendre de ses nouvelles? la politesse l'exige peut-être... »

Et, comme pour arriver au perron elle traversait une charmille, la charmille où Gédéon aimait tant jadis travailler, un dernier souvenir s'en détacha qui brusquement la cloua sur place.

VII

Appelé à sa dignité de savant et à la réalité de sa situation par de vives douleurs aux jointures, Roucairol s'était recouché; et, une fois dans son lit, le délire auquel il fut en proie avait été tout autre que le supposait la jeune veuve.

Les yeux toujours fixés sur la vertèbre, il ne se lassait pas de la contempler et agitait dans sa tête mille projets différents de s'en emparer, quand le docteur Lognos entra.

Après avoir répondu à ses questions, sans toutefois rien déceler du but qui l'avait amené à Caramaou, il obtint de lui sur la maison où il se trouvait tous les éclaircissements désirables, et qui concordaient d'ailleurs avec ses suppositions.

Une fois le pansement fait, le docteur et Mariette sortis, il ordonna à Paleyrac de partir aussitôt pour Montpellier, de garder sur leur aventure le plus absolu silence et de se tenir prêt à revenir au premier signe avec le squelette de l'Homme-singe. Un doute le tenait encore qu'il voulait élucider en adaptant la vertèbre au restant de l'ossature, dès que le précieux fossile serait en sa possesion.

En recevant ces instructions, l'appariteur put à peine retenir sa joie. Il allait enfin revoir le Peyron et reprendre ses parties de « Loup » au banc de « Courtes-Vies ».

Une heure après, Mme Maraval entra.

— Mon Dieu! monsieur, commença-t-elle après les salutations d'usage, je dois vous demander pardon de vous avoir logé en cette pièce qui fut le cabinet de mon pauvre mari, mais dans l'état où vous nous ôtes arrivé, il fallait bien faire le plus pressé.

— Vous pardonner, madame! Mais ma reconnaissance pour votre si généreuse hospitalité se trouve doublée d'avoir, après ma mésaventure, ouvert les yeux et repris mes sens au milieu d'objets qui sont la grande préoccupation et la seule joie de ma vie.

En disant cela, le savant, malgré sa naturelle timidité, n'avait cessé de la dévisager, et une surprise le gagnait qui fit sourire la jeune veuve.

Il y eut un moment de silence pendant lequel des souvenirs encore confus se précisèrent dans son cerveau.

— Mon Dieu! madame, finit-il par s'écrier, ce n'est pas la première fois, il me semble, que j'ai l'honneur de vous rencontrer, je crois même qu'il n'y a pas bien longtemps...

— Trois mois à peine, aida Rosette.

— C'est cela même, un bienheureux hasard nous mit en présence à...

— ...Naples, sur la route du Pausilippe, acheva la jeune femme avec un léger sourire au souvenir de sa culbute dans le fossé. Vous nous avez même sauvé la vie, à ma vieille bonne et à moi.

— Oh! madame, le danger n'était pas si grand. Drôle de coïncidence tout de même! conclut-il en hochant sa tête encore un peu endolorie.

La connaissance étant ainsi faite, Rosette le blâma d'avoir poussé l'amour de la science jusqu'à risquer sa vie pour elle.

— Comme mon pauvre Gédéon, ajouta-t-elle en soupirant; mais lui, hélas! n'eut pas le même bonheur.

Roucairol, l'esprit de plus en plus absorbé par son fossile et visiblement intimidé par la présence de Rosette, ne put en réponse, que balbutier d'inintelligibles monosyllabes.

La situation devenait de plus en plus gênante.

Mme Maraval prit congé.

A peine était-elle sortie que le savant s'emportait contre sa timidité et regrettait de ne l'avoir point fait causer alors que, il n'y avait pas à en douter, elle était disposée aux confidences.

Que de choses intéressantes, que d'utiles renseignements il aurait ainsi pu lui tirer sur feu M. Maraval et sa merveilleuse collection de fossiles! De même il lui aurait été facile, en l'interrogeant habilement, de savoir jusqu'où allait son attachement à ces souvenir du défunt.

Il se consola en pensant que ce n'était que partie remise, et il se jura d'être plus hardi et plus adroit à sa prochaine visite.

Elle ne devait pas tarder, cela va sans dire, étant donné l'état d'esprit et de cœur dans lequel se trouvait Mme Maraval.

La présence de Roucairol dans sa maison, où, depuis la mort de Gédéon, nul autre homme que les membres de sa famille n'avait pénétré, la bouleversait et la troublait de plus en plus.

Elle avait éprouvé en entrant dans sa chambre une émotion singulière et dont elle cherchait vainement à se dissimuler la douceur. Encore une fois elle en rougit comme une jeune fille qui sent naître son premier amour, et se promit, pour s'en punir, de ne plus le revoir avant que le docteur eût déclaré qu'on pouvait sans danger le transporter à Roujan.

Ce jour-là même et le lendemain, autant pour donner le change à ses pensées que pour tromper les heures devenues d'une longueur excessive, elle fit procéder à un nettoyage complet de la maison, fit remuer de fond en comble le jardin par ses jardiniers et manda de Gabian les « bugadières » pour la grande lessive de l'année.

Si elle réussit ainsi à occuper son corps, il n'en fut pas de même, hélas! de son esprit.

Tous les mouvements, tous les pas qu'elle faisait dans la maison la poussaient malgré elle vers l'étroit corridor conduisant à la chambre rose. Elle trouvait le moyen de passer devant la porte vingt fois dans une heure, et ne rencontrait jamais Mariette sans lui demander si M. Roucairol était mieux et s'il ne manquait de rien.

La vieille bonne enveloppait chaque fois sa jeune maîtresse d'un regard défiant qu'elle feignait de ne pas voir, et lui répondait en bougonnant :

— Dommage! Madame n'en ferait pas autant pour moi si je tombais malade; le galapiat mange comme quatre, et m'est avis que, s'il continue, nous serons bientôt sur la paille.

Et, le soir, elle s'en allait à Gabian faire part de ses mauvaises impressions aux Maraval qui, depuis l'arrivée du savant à Valeuzières, vivaient dans une perpétuelle rage.

Deux jours passèrent ainsi; mais, au matin du troisième, Rosette, n'y tenant plus, entra dans la chambre rose pour avoir elle-même des nouvelles de son malade.

Ainsi qu'il se l'était promis, Roucairol en félicitant la veuve des travaux de son mari dont il avait devant les yeux les magnifiques résultats, obtint sur lui tous les renseignements qu'il désirait, puis passant à ce qui l'intéressait par-dessous tout :

— Voilà, madame, fit-il, le doigt tendu vers la cloche de verre sous laquelle était la vertèbre, voilà quelque chose dont la place est au musée de Montpellier; vous devriez bien...

Elle ne le laissa pas achever.

— Oh! interrompit-elle vivement, pour rien au monde, monsieur, je ne me déferai de cela, et vous comprendrez pourquoi quand vous saurez qu'à la recherche de cette pièce mon pauvre mari a trouvé la mort.

Elle poussa un léger soupir et reprit :

— Oui, monsieur, quand on me l'apporta sur une civière comme on vous apporta naguère, il tenait cela dans ses mains crispées et sanglantes. Etonnez-vous maintenant que j'en aie fait une relique et que j'y tienne comme à la prunelle de mes yeux.

— Mais enfin, madame, insista Roucairol, dans l'intérêt de la science que votre mari a tant aimée, vous pourriez tout au moins confier pour quelques jours cette pièce, à...

Encore une fois elle lui coupa la parole.

— Impossible, monsieur. Je suis superstitieuse, voyez-vous, et j'ai fait de ceci mon fétiche.

Cela fut dit avec une si ardente spontanéité et un élan si chaleureux, que le savant n'insista plus, mais devint très pâle, ce que Mme Maraval mit sur le compte de la fatigue.

— Il faut, à tout prix, murmura-t-il quand elle fut sortie, que cette vertèbre soit mienne d'ici à un mois, époque où se tiendra le Congrès.

Que faire? Et lentement en son cerveau encore ébranlé naissait une pensée coupable. Sans doute les armoires étaient soigneusement fermées à clef, mais rien de plus facile que d'en forcer les serrures.

Et le lendemain, reprenant cette idée, il se disait, pour vaincre ses derniers scrupules, que les intérêts suprêmes de la science justifiaient tous les moyens. Enfin il n'y avait pas de temps à perdre; d'ici à quelques jours, l'état de ses blessures permettrait son transfert à Roujan, et il devrait renoncer au précieux fossile.

Cette considération le décida; il se leva péniblement cette fois et se dirigea vers la vitrine. Mais tout à coup il s'arrêta; sur le chambranle de la fenêtre, dans son vieux cadre d'or, il venait d'apercevoir le portrait.

Le regard de feu Maraval, naguère si bienveillant et si gai sous la caresse du soleil levant, s'était maintenant assombri dans la pénombre de la pièce et lui reprochait doucement cette violation odieuse d'une si confiante hospitalité; enfin la tristesse de ses lèvres d'où le sourire s'était envolé lui parut si navrante qu'il regagna son lit tout confus.

VIII

MAINTENANT Mme Maraval venait, soir et matin, passer quelques instants en compagnie du malade; et si notre savant n'eût été à ce point absorbé par la vertèbre et par l'idée fixe d'écraser Segaudy au Congrès des naturalistes, il eût à coup sûr remarqué qu'elle exhibait chaque jour une toilette nouvelle; et ce qui l'aurait non moins frappé c'est l'art avec lequel elle en graduait les nuances et parcourait toute la gamme du plus coquet demi-deuil. Mais, hélas! Roucairol ne prêtait pas plus d'attention à cela qu'à la beauté même de la jeune veuve.

Et pourtant Mme Maraval, on ne pouvait le contester, réunissait en sa personne tous les charmes, toutes les séductions de la trentaine, cet état radieux de la femme.

Brune au teint rose, ce n'est pas rare en nos pays, elle avait de grands yeux très ardents et très vifs, mais d'une douceur incomparable, et entre deux bandeaux d'un noir de jais son front avait le poli de l'ivoire. Ce qui dérangeait quelque peu l'harmonie de cet aimable visage, c'était le nez, un nez dont sans doute à sa naissance une fée maligne dressa d'une chiquenaude le bout mignon vers le ciel, mais les ailes en étaient si diaphanes et si blanches, et ses lèvres fines s'ouvraient sur les plus jolies dents du monde; il n'y avait pas jusqu'à la vague mélancolie dont son veuvage précoce avait imprégné ses traits qui ne fût un charme nouveau.

Roucairol, absorbé tout entier par sa paléontologie, se montrait insensible aux charmes de Rosette et n'avait qu'un désir, mettre la main sur la vertèbre de l'Homme-singe.

Mais les jours succédaient aux jours et la date menaçante du Congrès se rapprochait sans qu'il eût trouvé un moyen de disposer, au moins pour ce jour-là, de l'incomparable fossile.

Son état s'est amélioré au point de permettre son transport à Roujan, et, le docteur Lognos l'ayant ce matin même déclaré possible, il ne pouvait rester plus longtemps à Valeuzières sous peine d'abuser et de manquer aux convenances.

Il partit donc sur la voiture que lui envoyait le patron de la « Mule-Grise », la mort dans l'âme, mais se jurant bien de ne point quitter le village sans emporter avec lui la vertèbre.

Justement à l'heure du départ, Mme Maraval, non moins navrée que lui-même, mais le dissimulant avec soin, lui avait fait promettre de venir, quand il le pourrait, se distraire en se promenant à Valeuzières.

C'était son unique ressource désormais; aussi n'y manqua-t-il pas dès que son état le lui permit.

Sous prétexte de reprendre dans la grotte de Caramaou l'exploration commencée, il s'arrêtait presque tous les soirs chez la veuve, gardant le fol espoir qu'une occasion se présenterait d'entrer en possession du fossile.

Ils passaient donc des heures dans le jardinet où maintenant la fête du printemps battait son plein. Des platanes de la grand'route une fraîcheur douce tombait; il n'y avait autour d'eux, dans les parterres, que corolles pâmées sous le baiser prochain du crépuscule.

Sous la charmille qui les abritait, Mme Maraval langoureuse laissait flotter son âme parmi les parfums de ses lilas et de ses roses, et répondait par de longs soupirs aux chants des oiselets, à ces mille murmures qui sont le souffle amoureux du printemps.

— Oh! l'incomparable soirée, intervenait-elle entre temps, n'est-ce pas, monsieur Roucairol?

— Assurément, madame, on n'en peut rêver de plus belle.

Et la conversation tombait, puis se relevait toujours pénible et lourde malgré les efforts de la jeune femme, jusqu'à ce que le savant, dominé par son idée fixe revînt à son fossile comme le maniaque à sa manie.

— Ah! chère madame, finissait-il par lui dire, si vous connaissiez toute l'importance que possède au point de vue phylogénique la vertèbre cocygienne de l'Homme-singe, vous ne persisteriez pas à en priver le monde savant...

Et Rosette, sourdement agacée :

— Encore une fois, monsieur, répondait-elle, je ne puis que maintenir mon refus; c'est pour moi chose sacrée.

Et soit caprice de femme nerveuse dont on ne devine pas les secrets désirs, soit attachement véritable à ce débris d'ossement pour lequel était mort Gédéon, l'obstination du savant ne faisait qu'accroître la sienne.

Un soir qu'il rentrait à Roujan, plus morne et plus bredouille que jamais de sa promenade à Caramaou avec station à Valeuzières, Roucairol rencontra en plein faubourg Margon, M. le notaire Boucasser, maire de la commune.

La « Mule-Grise », où logeait le savant, étant à un bout du faubourg et la maison du tabellion à l'autre, cela n'avait rien que de très ordinaire et

devait se répéter souvent, mais ce qui cette fois surprit l'illustre paléontologue, c'est que Me Boucassert le salua profondément.

Or, ainsi que je l'ai déjà raconté, dès son arrivée dans le pays, cet honorable officier ministériel s'était déclaré, il ne sut jamais pourquoi, son ennemi implacable, suscitant chaque jour quelque nouvel obstacle à ses recherches. N'était-il pas allé jusqu'à vouloir lui interdire l'entrée de la grotte, les tènements de Caramaou étant propriété communale; heureusement pour lui, que Boucassert n'eut pas sur ce point la majorité du conseil, le vétérinaire Coupiac lui ayant fait une éclatante et victorieuse opposition.

Mais il ne s'en était pas moins formé deux camps, l'un hostile et l'autre favorable à Roucairol, sans que lui-même un seul instant s'en doutât.

Pourtant, malgré sa distraction et ses hautes préoccupations, il avait fini par remarquer l'hostilité bien évidente de certains visages, de Boucassert particulièrement, et de son âme damnée le juge de paix Alary. Chaque fois, en effet, qu'il croisait dans la rue, l'un ou l'autre de ces deux magistrats, non seulement il n'en recevait pas de salut, mais ils ne répondaient jamais au sien.

Aussi ne fut-il pas peu étonné de la respectueuse révérence que lui envoya, cette fois, le notaire, et rentra-t-il tout rêveur à la « Mule-Grise ».

Le lendemain, quand le garçon de l'auberge lui apporta son courrier, il eut un motif plus sérieux encore de surprise.

Parmi d'insignifiantes missives, aux apparences normales et modestes, une grande et magistrale enveloppe se détachait, portant l'en-tête imprimé de l'étude notariale; il l'ouvrit et en sortit une carte dont la lecture le plongea dans une rêverie plus profonde :

Me FORTUNE BOUCASSERT

licencié en droit de la Faculté de Toulouse, notaire,
Chevalier du Mérite agricole
Maire de Roujan (Hérault).

Tel en était le libellé artistement lithographié. Jusque-là rien que de fort naturel; Me Boucassert, désireux d'entrer en relations plus cordiales avec le savant, tenait à lui faire connaître ses nombreux titres et qualités; mais au-dessous et de la main même du tabellion étaient écrits ces mots : « Discrétion absolue pour les contrats de mariage et honoraires modérés ».

Cela n'était sans doute pas très correct ni conforme à la dignité notariale, mais ses gros collègues de Pézenas et de Béziers lui faisaient jusque dans son canton une si féroce concurrence, qu'il n'avait jamais résisté à la tentation de mettre en avant ces petits moyens.

Quoi qu'il en soit, Roucairol se frappa le front pour en faire sortir une explication raisonnable d'une aussi singulière communication.

— Bah! finit-il par conclure, Me Boucassert, voulant m'envoyer sa carte, aura, par inadvertance, glissé dans l'enveloppe une de celles qu'il destinait à ses clients. Et il passa outre.

Mais, devenu attentif, il fut frappé de l'insolite quantité de prospectus et de réclames que contenait, depuis quelques jours son courrier.

Il les jetait d'ordinaire au panier sans les ouvrir; mais cette fois, une certaine curiosité le poussant, il en décacheta une au hasard. C'était un prix courant de la maison Désiré Chasselède, de Pézenas : « A la corbeille de mariage ». Il en ouvrit une seconde et tomba sur un prospectus de la maison Donnadille, de Béziers . « A la petite mariée ». Enfin la troisième portait l'en-tête de M. Guilhaume Gévaudan, également de Béziers : « A la jeune mère, layettes et trousseaux », prix modérés.

— Diable! diable! murmura le savant, que signifie cette abondance de réclames pour des articles aussi étrangers à mes idées, à ma situation sociale et à mon genre d'occupation? Je ne suis pas, que je sache, sur le point de prendre femme, et encore moins d'être papa; sans doute il y a erreur de destination, mais ayant à nouveau examiné les enveloppes, il lut sur chacune en belle cursive :

« A M. Anselme Roucairol, professeur de paléontologie comparée, en villégiature à Roujan ».

Une vague corrélation s'établit incontinent dans son esprit entre les singulières avances et la non moins étrange conduite du notaire Boucassert; alors sa rêverie devint aussi profonde que les poches de sa légendaire redingote.

Enfin, le soir de ce jour même, comme il traversait la salle à manger de la « Mule-Grise » pour faire sa promenade quotidienne à Caramaou, Junior Vissec, le patron, qui se trouvait comme par hasard sur la porte, l'arrêta, ce qu'il ne faisait jamais, par un long bonjour respectueusement familier.

— Monsieur aura beau temps pour sa promenade ce soir, poursuivit-il en regardant le ciel d'un air futé.

— Assurément, répondit Roucairol, quelque peu étonné.

— Et le jardin de Valeuzières doit être en ce moment plein de fleurs, reprit aussitôt le bonhomme de plus en plus malicieux.

— Mais, mon Dieu, je... balbutia le savant perdant peu à peu contenance.

— Eh! eh! monsieur le professeur n'a pas mauvais goût; je félicite monsieur le professeur de toute mon âme...

— Enfin, monsieur Junior, que voulez-vous dire? interrompit brusquement le savant exaspéré.

— Evidemment, continua l'aubergiste, sans paraître faire attention à la question pas plus qu'au ton brutal de Roucairol, évidemment, je n'ai pas de conseil à donner à monsieur, mais je puis tout de même lui dire que pour une bonne affaire, monsieur fait une bonne affaire : le domaine à lui seul vaut bien soixante mille francs, et tout le monde sait ici qu'il a autant d'écus entre ses murs que de cailloux sur la grand'route. Quant au physique de madame, je ne puis que réitérer à monsieur mes plus sincères félicitations sur son goût. Ah! par exemple, ce sont les Maraval, de Gabian, qui ne doivent pas être contents; la vieille est capable d'en mourir, et le jeune de perdre le peu de cervelle qui lui reste... Mais qu'est-ce que cela peut faire à monsieur?...

— Cet homme est fou! bougonna Roucairol sans lui répondre; et il s'en alla, les longues basques de sa redingote flottant au vent comme sous le souffle de sa colère.

Plus de doute : le bruit courait dans le village de son mariage prochain avec Mme Maraval; le jour se faisait très nettement dans son esprit, tandis qu'il cheminait sur la route poudreuse et qu'il rappro-

chait le changement d'attitude du notaire, sa carte, avec son mystérieux avis, les nombreux prospectus matrimoniaux de son courrier et les paroles de l'aubergiste.

L'hospitalité reçue chez la veuve, les visites presque journalières qu'il lui rendait avaient dû être interprétées dans ce sens.

Une fois cette idée sortie claire et nette de son cerveau, son premier mouvement fut une vive irritation contre l'inconvenante curiosité des Roujanais qui surveillaient ses faits et gestes au lieu de s'occuper exclusivement de leurs vignes et de leurs champs.

— Les imbéciles! fit-il, en cinglant les chèvrefeuilles de la route du bout de son alpinstock. Mais peu à peu la marche et le grand air calmèrent l'impétuosité de cette première impression et, l'idée fixe de la vertèbre quelque peu endormie par ces pensers nouveaux s'étant réveillée, le problème qu'il s'obstinait à résoudre lui apparut sous une face différente et il eut la sensation soudaine d'un important facteur dégagé. Il fut même sur le point de crier : « Eurêka! » aux platanes de la grand'route et aux coquillages qui grisollaient dans les sillons; pourtant il se contenta de murmurer : « Tiens! tiens! pourquoi pas? Ne serait-ce pas un moyen comme un autre d'arriver à mes fins? » Et réfléchissant au sentimentalisme évident de la jeune veuve, il ajouta: « Peut-être même le seul! »

Mais aussitôt l'idée d'introduire une femme dans sa vie l'épouvanta.

Il l'avait jusqu'alors tout entière consacrée à la paléontologie, et en son cœur de quadragénaire heureux de son célibat il ne sentait de place que pour ses fossiles.

Plus la pensée d'une course à faire, des démarches, des mille formalités qui précèdent le mariage, toutes choses inévitables et encore grossies par son imagination d'homme ensauvagé par la science, achevait de l'effaroucher.

Il se voyait obligé de conduire sa femme au théâtre, au concert, partout enfin où ses caprices la pousseraient.

Dès lors que de temps perdu, et quel supplice pour lui, qui jusqu'alors avait fui le monde et était si peu au courant de ses us et coutumes, mille fois plus compliqués, croyait-il, que la nomenclature des espèces éteintes.

Non, vraiment, il n'avait jamais eu et n'aurait jamais de goût pour cela. L'eût-il voulu, d'ailleurs, que ses distractions permanentes, sa myopie encore exagérée, par l'usage de la loupe et du microscope l'en empêcheraient toujours.

Et, à cette heure même, il se rappelait avec une trop cruelle précision certains souvenirs de ses premiers essais dans le monde, alors que, préparant l'agrégation, on lui avait montré la nécessité de s'y produire : une soirée, notamment, chez le recteur où il avait soulevé une tempête de fous rires en prenant la vieille dame du doyen pour l'évêque de Montpellier.

Assurément, il était bien plus à l'aise au milieu des anthropoïdes et des vertébrés disparus; et les hommes de son siècle lui paraissaient moins intéressants et au fond moins sociables que les contemporains de la « pierre taillée », des connaissance sûres ceux-là, presque des camarades, dont il ne craignait pas le sourire moqueur.

— Donc, conclut-il en frappant du bout de son alpinstock la branche retombante d'un platane, laissons les Roujanais potiner à leur aise, ne pensons plus à cela, et cherchons un autre moyen d'entrer en possession de « ma » vertèbre.

Là-dessus, et afin, pensait-il, de mieux éloigner de son esprit toute idée matrimoniale, il ne voulut pas arriver jusqu'à Valeuzières, et, se retournant brusquement, regagna le village.

IX

N l'a dit et répété souvent, le cœur humain, voire celui des savants, seraient-ils paléontologues, offre, à qui en observe le fonctionnement, des bizarreries déconcertantes. Ainsi, devineriez-vous ce que fit Roucairol en entrant à la « Mule Grise »?

Je vous le donne en cent, je vous le donne en mille, et, pour ne pas faire ma Sévigné, je dirai tout de suite que le premier acte accompli par notre illustre professeur, une fois seul dans sa chambre, fut... de se regarder dans la glace, ce qu'il n'avait pas fait depuis quinze ans.

Aussi ajouterais-je, si je ne craignais de compromettre par une invraisemblance, l'authenticité de ce récit qu'il ne se reconnut pas et se prit pour un autre à tel point qu'il se salua. Son erreur une fois constatée, il se fit à lui-même de fort désagréables observations. Sa barbe et ses cheveux étaient vierges de tout ciseau depuis de nombreuses années, depuis son concours d'agrégation, prétendaient les partisans de Segaudy.

Enfin il fut obligé de constater la forme quasi préhistorique de son chapeau et de reconnaître que sa redingote avait une ampleur de toge romaine et une coupe inconnue à notre époque.

Que se passait-il donc dans l'âme de Roucairol pour que des hauteurs spéculatives où il se complaisait exclusivement il descendit à de pareilles futilités?

Mais ce qui va étonner plus encore, c'est que le lendemain, dès l'aube, avant même que les plus matineux des Roujanais fussent levés il prit une voiture et donna l'ordre au cocher de le conduire à Pézenas.

Une fois là, il entra chez Valdebouze, le grand marchand de nouveautés de la rue Conti, et se paya le plus élégant complet gris perle qu'il trouva; puis passant à la chapellerie d'en face, chez Recouly, dit Camard, il échangea son feutre archaïque contre un chapeau melon dernier genre et de la plus heureuse nuance.

Cela fait, il traversa le « Planol », où de rares Piscénois respiraient la brise fraîche du matin, et se mit à parcourir, le nez au vent et l'œil tendu, les ruelles à peine éveillées de la petite ville. Enfin, devant lui le cuivre d'un plat à barbe servant d'enseigne étincela dans le soleil et il put lire en lettres radieuses sur la devanture du magasin ces mots : « Au rasoir de Molière. »

Il entra. Et le Figaro obséquieux lui tendit un fauteuil en ajoutant d'un air très fin et comme pour répondre à une question que Roucairol ne songeait pas à lui poser : « Celui de notre Poquelin, oui, monsieur. »

Inutile de dire que le siège était apocryphe et n'avait d'autre valeur historique que celle dont l'honorait, dans un but de lucre, notre facétieux barbier.

Quoi qu'il en soit, après avoir méticuleusement noué la serviette sous le menton de son client, Amédée Pagézy, membre de l'Académie capillaire et marguillier de Saint-Jean, commença sa besogne.

Après une minute de silence, le temps de se familiariser un peu avec le nouveau client :

— Monsieur vient de Roujan, sans doute? insi-

Je demande pardon à Monsieur de l'avoir piqué (p. 18).

nua-t-il en lui pressant dextrement le bout du nez entre le pouce et son index.

Roucairol fit un haut-le-corps sans répondre.

— Si je demande cela à monsieur, continua Pagézy, c'est qu'il y a quelques instants j'ai vu monsieur déboucher sur la place par la grand' route de Roujan.

Et sans même que notre savant pût un seul instant entr'ouvrir ses lèvres toutes barbouillées de savon :

— Alors, puisque monsieur en arrive, il doit être au courant de la grande nouvelle de là-bas, et qui me fut apporté hier par le vétérinaire Coupiac, que j'ai l'honneur de raser tous les samedis, jours de marché : je veux parler du prochain mariage de Mme Rose Maraval, la riche veuve de Valeuzières, avec un étranger du pays-bas...

Roucairol esquissa un nouveau haut-le-corps que Pagézy prit pour un mouvement de vif intérêt, et sans même souffler une seconde, il poursuivit :

— On raconte que le particulier en question est un savant du Caplas venu pour chercher de vieux os dans la grotte de Caramaou...

Ici Roucairol voulut ouvrir la bouche, mais un

Ilot d'écume savonneuse s'y engouffra et il fut obligé de se taire en crachotant.

— Mais, reprit le barbier impassible devant ce petit incident, certains plus avisés, et je suis de ceux-là, prétendent que notre homme est un malin qui, sous prétexte de faire des fouilles dans la grotte guignait depuis longtemps le magot de la jolie veuve.

Cette fois, le savant tressauta, mais aussitôt il ne put réprimer un « aïe » douloureux. Alors Pazégy très digne :

— Je demande pardon à monsieur ue l'avoir piqué; c'est peut-être la première fois que ça m'arrive dans ma carrière déjà longue; je suis membre de l'Académie capillaire et je prie monsieur de ne plus s'impatienter, j'ai fini.

Et prestement il lui enleva sa serviette.

Sans avoir proféré un seul mot, Roucairol paya et sortit.

Sa transformation était complète. Comme de la chrysalide l'éclatant papillon s'envole en ces jours printaniers, du paléontologue fruste et grossier s'était élancé un aimable et fringant quadragénaire, auquel il ne manquait, pour être dans le dernier « chic », qu'un œillet vert à la boutonnière.

Encore une fois, quelle puissance mystérieuse poussait le savant? Il est incontestable que la vertèbre de l'Homme-singe tenait toujours une place prépondérante dans l'état actuel de son esprit et de son âme; mais il faut également prendre garde qu'on était en plein printemps, que tout renaissait et verdoyait dans la nature, que le paysage était merveilleux au milieu duquel il cheminait, regagnant Roujan sur la voiture de la « Mule-Grise », que sur sa tête le ciel était d'un bleu caressant et très doux, que l'air dont voluptueusement s'emplissaient ses poumons lui apportait les aromes puissants des grands bois et les effluves plus légers des garrigues, qu'autour de lui tous les feuillages s'émouvaient sous la palpitation des nids et le frémissement des ailes.

« Ainsi donc, se disait-il, douillettement installé dans l'américaine de la « Mule-Grise » il n'est bruit dans le pays que de mon prétendu mariage avec Mme Maraval, et si je m'en rapporte au bavardage du barbier, les langues ont ici autant de promptitude que de venin. Si moi, dont le séjour à Roujan doit bientôt prendre fin, je n'aurai pas à souffrir de ces racontars, il n'en ira pas de même à coup sûr pour la jeune femme qui subira dans sa réputation un dommage dont ma connaissance des mœurs campagnardes me permet de mesurer la gravité.

Et il sentit une tristesse qui lui gâta le charme pénétrant du paysage.

Cependant, poursuivit-il, afin de lui éviter les déplorables conséquences de nos éphémères et innocentes relations, dois-je lui proposer le mariage? M'exposer, si elle refuse, au plus humiliant des ridicules? et, si elle accepte, jeter dans mon existence jusque-là si heureuse et si calme, le trouble et le désarroi, faire banqueroute, en un mot, à mes théories et à mes idées? Non, non, encore une fois non, cela ne se peut, je n'y consentirai jamais...

Il dut lever la tête à ce moment, troublé dans son raisonnement par la vocalise moqueuse d'un merle qui tombait en cascadant de la cépée la plus voisine.

« Mais alors, reprit-il quelque peu agacé, à quoi bon ce complet gris perle étriqué, mal commode, au lieu de ma bonne vieille redingote d'une si utile et si confortable ampleur? Pourquoi avoir remplacé par ce ridicule chapeau aux ailes minuscules mon feutre dont les bords me préservent si bien du soleil dans mes excursions estivales? Pourquoi cette longue séance, ce temps perdu au « Rasoir de Molière »? Aurais-je, par hasard, l'intention de me poser en don Juan auprès de la jeune veuve afin de m'emparer de la vertèbre. »

Et tandis que le merle sifflait toujours sous la cépée, son âme candide protesta violemment contre cette idée diabolique. Alors quoi, que faisait-il? Que voulait-il? Et jusqu'à la fin de son voyage, son esprit méthodique et clair s'indigna contre l'illogisme de sa conduite.

En entrant à la « Mule-Grise », parmi les lettres arrivées du matin, s'en trouvait une qu'il décacheta vivement après en avoir reconnu l'écriture. Elle était de Paleyrac qui, très régulièrement et très secrètement, ainsi qu'il en avait reçu l'ordre, le tenait au courant de ce qui se passait dans le monde savant du Clapas.

A mesure qu'il avançait dans sa lecture, le visage de Roucairol s'assombrissait et ses traits exprimaient la plus violente colère. C'est que, cette fois, la missive n'était pas gaie. Quoi qu'il eût fait pour cacher ses démarches et ses pérégrinations à la recherche de la vertèbre, on en connaissait la plupart à Montpellier. Si on n'avait pas eu vent de son séjour à Roujan et de ses fouilles à Caramaou, on savait l'inutilité de ses voyages à travers les musées et les collections de l'Europe. Et comme la date du Congrès approchait chaque jour, ses adversaires avaient décidé de lui préparer pour la fameuse séance un grand succès d'ironie.

Au Cercle de la Lyre, Segaudy avait parlé de lui et de ses théories en termes irrespectueux sans qu'il se fût trouvé dans l'auditoire quelqu'un pour le relever, et, à la dernière réunion de l'Académie, le président Cazalis avait fait à la légendaire vertèbre une allusion moqueuse soulignée par les sourires de la majorité. Bref, pour employer une expression peu académique mais juste, certains de ses partisans eux-mêmes étaient en train de le lâcher.

« Genus irritabile », a-t-on coutume de dire des poètes; mais si les rimeurs sont gens irritables et d'une indicible nervosité, les paléontologues peuvent leur rendraient des points.

Arrivé à la dernière ligne de cette lettre, Roucairol écumait de rage. En apprenant ainsi que l'insolence de Segaudy croissait à mesure que se rapprochait le rendez-vous fixé par lui, les idées les plus insensées, les projets les plus fous pour s'emparer de la vertèbre affluaient à son cerveau comme d'aller nuitamment à Valeuzières; muni de l'outillage des malfaiteurs, d'escalader les murailles, de fracturer portes, fenêtres, rmoires. Il eut la pensée de soudoyer la vieille Mariette, mais il en fut aussitôt dissuadé par l'hostilité qu'elle n'avait cessé de lui témoigner depuis le jour où on l'avait porté à Valeuzières.

Et ce souvenir lui rappelant aussi que pendant plus d'une semaine il avait eu sous la main le précieux fossile, qu'il n'avait tenu qu'à lui d'en devenir maître sans que Mme Maraval s'en doutât, il maudit sa stupide délicatesse...

A ce moment un léger toc-toc ébranla sa porte.

— Entrez! cria-t-il d'une voix formidable où vibrait toute sa rage contre Segaudy, toute sa fureur contre lui-même.

M. Junior Visec, intimidé par ce coup de tonnerre, se faufila plutôt qu'il n'entra, avec des salamalecs interminables.

En voyant rentrer son pensionnaire aussi radicalement transformé quant au physique et au costume, il s'était livré à de judicieuses réflexions.

« Évidemment, pensa-t-il, ce complet gris perle, ce chapeau melon, ce voyage matinal à Pézenas sont autant de signes que la noce ne tardera pas. Je mettrais ma main au feu qu'il vient d'acheter les cadeaux. C'est le moment ou jamais de lui offrir mes services, afin de ne pas me laisser devancer par Prosper Esclafit du « Soleil d'or », ou par Martin Jourdan, l'hôtelier piscénois. »

— Sans doute, je dérange monsieur le professeur, commença-t-il en courbant pour la dixième fois sa longue et maigre échine.

— Que voulez-vous, monsieur Junior? interrogea le savant.

— Voici. J'ose espérer que monsieur le professeur n'a pas à se plaindre de la « Mule-Grise ». Monsieur le professeur a pu s'assurer entre autres choses de l'excellence de sa cuisine. Je demanderai donc à monsieur le professeur de me donner la préférence pour le repas de noces. D'ailleurs, je puis fournir à monsieur le professeur toutes les références désirables. Quand M. Roqueplane, notre pharmacien, s'est marié avec Mlle Noémie Cabassut, de Servian, c'est à la « Mule Grise » que s'est cuisiné le repas et vous pouvez demander aux convives des nouvelles de mon fristi; ils s'en léchaient les doigts huit jours après, parole d'honneur.

« Un peu plus tard, quand M. Dieudonné Bouliech, le riche propriétaire de la Coste-Balcouze, convola avec Mlle Eustorgie Biscarlet, de Gabian, et que, dans la même semaine sa cousine Mlle Rose Crouzat s'unit en légitimes noces avec M. Gédéon Maraval, votre estimable prédécesseur, c'est encore de la « Mule-Grise »...

— Allez-vous-en au diable, maître Vissec, éclata Roucairol exaspéré.

— C'est un peu plus loin, répliqua doucement Junior, mais pour ne pas déplaire à monsieur, j'y vais tout de même.

Puis, avec son air futé de l'autre jour :

— Que monsieur ne m'oublie pas auprès de madame sa future! ajouta-t-il en sortant.

Décidément ce mariage devenait une obsession à laquelle il ne lui était plus possible d'échapper. Alors las de chercher vainement un moyen d'entrer en possession de la vertèbre, et plus que jamais hanté par l'image de Segaudy triomphant, il quitta la « Mule-Grise », et à pas pressés gagna la route de Valeuzières. Me Boucassert était sur sa porte quand il passa devant l'étude et lui décocha — dès le voir — son plus aimable sourire; mais telle était l'agitation de notre savant qu'il ne se détourna même pas.

Intrigué par cette allure insolite, le notaire le suivit des yeux, et le vit une fois au bout du faubourg, et avant de prendre le chemin de la grotte, hésiter un instant, puis esquisser un geste tragique, sans doute le geste de César traversant le Rubicon.

Comme Roucairol et, en même temps que lui, Mme Maraval fut en proie aux avances et offres de service des fournisseurs trop pressés. Comme lui, elle reçut une carte de Me Boucassert avec le petit renseignement autographe; de même qu'à la « Mule-Grise » le facteur apportait quotidiennement à Valeuzières, les mêmes prospectus et réclames émanant des mêmes maisons de Pézenas ou de Béziers.

Comme le savant, elle ne sut d'abord qu'en penser, mais elle ne mit pas longtemps à comprendre, la réflexion aidant et aussi Mariette qui, tous les jours, en revenant du marché, lui apportait complets et chauds tous les cancans du village

— Vous ne devriez plus recevoir cet homme ici, osa-t-elle même ajouter un matin que Véronique Paloc, la bouchère, lui avait à brûle-pourpoint demandé : « A quand la noce? » S'il continue à fréquenter Valeuzières, vous serez bientôt la risée de tout le monde, car je ne pense pas que, s'il lui prend envie de se remarier, madame veuille de ce pierrot.

Elle ne pouvait décidément lui pardonner d'avoir entrevu ses mollets sur la route du Pausillippe et son indécente sauterie devant l'armoire; toute sa bile de vieille dévote l'étouffait en y songeant et elle ne trouvait pas d'expression assez méprisante pour le qualifier. Mais sa rancune était faite de quelque chose de plus sérieux et le plus grave. Elle n'avait pas décoléré depuis qu'on avait apporté le savant à Valeuzières.

En voyant s'accroître de jour en jour la sympathie que Rosette lui témoignait et l'hospitalité se faire de plus en plus cordiale, elle sentait monter sa haine pour celui qu'elle appelait l'« intrus », et dont elle croyait avoir à craindre pour la tranquillité de ses vieux jours.

Elle avait été depuis sa jeunesse au service des Maraval; fille de montagnards âpres au gain et d'une économie farouche, l'avarice de cette famille l'avait séduite, captivée dans le plus impérieux de ses instincts, et elle s'était attachée à elle jusqu'à la fin de ses jours. Pendant trente ans, elle avait économisé, sans en distraire un sou, les faibles gages qu'on lui donnait, et qu'elle estimait bien rémunérateurs en les comparant aux misérables salaires des tâcherons de la montagne; pour si maigre que fût l'ordinaire de la maison, son estomac s'en contentait, fière de le partager avec ses maîtres, et elle aurait plutôt rogné sur sa lamentable pitance, afin d'ajouter encore à la prospérité d'une famille qu'elle considérait comme unique au monde.

Quand Gédéon s'était marié, la vieille Maraval, craignant les prodigalités possibles de sa belle-fille, lui avait adjoint Mariette comme contre-poids. Quand il fut mort, on l'avait laissée près d'elle pour la surveiller et se tenir au courant des projets de la jeune veuve.

Jusque-là, les Maraval avaient réussi à l'isoler à Valeuzières, et rien n'avait troublé leur quiétude; tous les dimanches, ils venaient la voir et elle-même, bien qu'elle eût beaucoup à leur reprocher, se rendait à Gabian plusieurs fois par semaine; elle avait pour sa sœur Ernestine, la femme d'Isidore, une affection profonde qui lui faisait oublier leur indigne conduite au lendemain de son veuvage, et l'espionnage dont ils ne cessaient de l'entourer. Jus-

qu'alors, Ernestine, de son côté, avait toujours dé-
fendu Rosette contre les insinuations perfides et les
soupçons que la peur leur mettait aux lèvres quand
Rosette n'était pas là.

— Je vous dis, répétait-elle chaque soir, que ma
sœur aimait trop son mari pour en épouser un
autre et son héritage nous appartiendra.

— Dieu t'entende, ma fille, glapissait la vieille
Maraval, et elle ajoutait sur un ton farouche : Ce
serait une bien mauvaise journée pour nous.

Mais, quand, par l'intermédiaire de Mariette, ils
furent au courant de ce qui se tramait à Valeuzières depuis l'arrivée de Roucairol, la rage de la
famille Maraval ne connut plus de bornes. La
vieille en perdit la faim et le sommeil, et Isidore,
remuant sa grosse tête de paysan ignare et têtu,
ne parlait de rien moins que d'aller lui-même jeter
l'intrus à la porte. Il fit à sa femme une vie d'en-
fer, la rendant responsable de la conduite de sa
sœur, si bien qu'Ernestine, rudoyée, bousculée et
aussi reprise par l'avarice héréditaire, finit par faire
chorus.

Ils décidèrent d'un commun accord de ne plus
remettre les pieds à Valeuzières et de ne plus recevoir Rosette à Gabian tant que Roucairol n'aurait
pas quitté le pays.

De l'attitude des Maraval, la veuve ne s'étonnait
guère; elle avait tant souffert jadis de leur avarice.
Qu'à la seule idée de voir, par un nouveau mariage,
s'envoler un héritage tous les jours avidement
escompté ils fussent pris d'une rage folle, elle s'y
attendait certainement; aussi ne s'émut-elle pas
outre mesure de leur nouvelle grossièreté; et sa
bonté naturelle n'alla pas un instant jusqu'à sa-
crifier — ainsi qu'ils l'eussent voulu — sa part
de bonheur, encore possible, à leur âpre égoïsme
et à leur avarice sordide.

Le résultat de tout cela fut, bien entendu, de l'enfoncer plus avant dans les rêves nouveaux, qu'elle
ne prenait même plus la peine de chasser, s'y com-
plaisant au contraire, d'écouter d'une oreille plus
attentive les sollicitations nouvelles de son âme, au
milieu de ce printemps qui remplissait Valeuzières
de nids, de chansons et de roses. L'assiduité de
Roucairol n'était-elle pas une preuve de ses intentions secrètes? Et s'il tardait tant à se déclarer, la
cause n'en était-elle pas dans sa timidité, cette
timidité d'éphèbe, si étonnante chez un quadragénaire, et qui n'avait pas peu contribué à la sé-
duire? Il était impossible qu'un homme aussi candide s'amusât à lui faire la cour uniquement pour
la compromettre.

Pourtant, à certaines heures, des remords, oh! de
plus en plus légers, la hantaient : le souvenir de
certain serment de veuvage éternel fait au lendemain de sa mort sur la tombe de Gédéon.

Presque toujours alors, mue par une force irrésistible, elle ouvrait la petite porte du jardinet et se
dirigeait vers le coin de prairie où, à l'ombre mince
des cyprès, reposait Gédéon parmi les scolopendres
et les tendres fougères nombreuses à cause de la
fraîcheur du puits voisin.

Elle enveloppait d'un regard alangui la chaise de
fer que des mousses et des champignons minuscules déjà recouvraient, le prie-Dieu de chêne dis-
paraissant sous l'herbe haute et aux encoignures
duquel des araignées tissaient leur toile, puis ses
yeux se portaient sur le monument qu'envahissaient

déjà les lambrusques audacieuses; et de voir les
roses flétries qui en jonchaient le seuil et les
bouquets de lis fanés depuis une quinzaine, elle
avait honte de l'oubli profond et rapide qu'elle
sentait s'étendre sur elle comme la moisissure im-
palpable et verte sur la tombe.

Rosette tremblait comme les campanules sous son
peignoir bleu pâle, quand la petite porte du jardinet s'ouvrit avec éclat, et Mariette, plus renfro-
gnée que jamais, apparut.

— Madame, fit-elle sur un ton de profond mépris,
le galapiat est encore là!

Après quoi elle s'éloigna en exagérant la moue
terrible de ses lèvres.

La jeune femme tourna vivement la tête; elle voulut aller au-devant du savant, l'empêcher d'arriver
jusque-là; elle n'eut pas le temps; Roucairol était
devant elle, à deux pas de la tombe, dans son complet gris perle, sous son beau chapeau melon, et
il lui sembla alerte, jeune et beau comme un dieu.

— Ah! fit-elle, ne cherchant même pas à cacher
la rose ondée de bonheur qui chassa soudain l'affreuse pâleur de son visage.

A ce cri, au geste qui l'accompagna, sur la portée
desquels le plus distrait, le plus ahuri des savants
ne pouvait se méprendre, Roucairol se trouva fixé;
à son tour, devant sa métamorphose imprévue, Rosette n'hésita pas à penser qu'il venait demander sa
main. La nuit tomba tout à fait, un coin de lune
pointa derrière le château de Casan, on entendit le
bruit d'un baiser... et la voix éclatante d'un rossignol montant du milieu des roses pâmées, fit taire
dans la profondeur des cyprès leurs menus hôtes
aux ailes sombres...

DEUXIEME PARTIE

I

ILS se marièrent... De sa meilleure plume notariale, M° Boucassert écrivit les clauses du
contrat et vint lui-même le lire dans le salon
de Valeuzières, devant quelques amis intimes;
les Maraval furieux firent exprès de n'arriver qu'à
la fin de la cérémonie, et le notaire constata que sa
jeune cliente fut très sensible à cet affront...

Quatre ans avant, dans la même pièce où rien
d'ailleurs n'était changé, il avait accompli le même
acte consacrant les intérêts matériels du mariage de
Mlle Rose Crouzat et de M. Gédéon Maraval. Les
notaires sont gens observateurs par profession;
aussi ne manqua-t-il pas de remarquer que la jeune
veuve, en écoutant la lecture des cinq articles magistralement rédigés par lui, avait la même mine
heureuse, épanouie, et sur les lèvres le même indéfinissable sourire qu'ont toutes les femmes ce jour-
là.

L'article IV réglant les conditions des biens para-
phernaux de la future épouse terminait juste la
page; il profita de l'instant où il la tournait pour
mieux dévisager Rosette sans paraître la regarder.

Positivement, depuis le jour de son premier contrat, elle avait embelli, et était maintenant dans
tout l'épanouissement de son incontestable beauté.

Il dévisagea de même le futur époux. Celui-ci, tandis que la voix monotone du tabellion emplissait le salon de formules légales et de chiffres, rêvait de l'Homme-singe et de l'époque préhistorique où il vécut. Il le voyait se dressant complet cette fois dans la salle des Actes de l'Académie montpelliéraine et il éprouvait une volupté indicible à contempler la mine piteuse de Segaudy. Ce matin même il avait écrit à Paleyrac, lui enjoignant d'arriver immédiatement et en secret avec le squelette de l'Homme-singe. Il voulait autant que possible hâter le moment où, tremblant de bonheur, il lui adapterait la vertèbre.

Aussi était-il radieux.

— L'heureux homme! pensa Boucassert, qui se méprenait assurément sur les causes de cette joie si visible; et, tout en raffermissant ses lunettes, son regard se porta par hasard sur le mur qui lui faisait face, et il aperçut un portrait de feu Gédéon. Il semblait assister lamentable et morne à cette petite fête de famille.

Comme il attaquait l'article VI, concernant les divers remplois des biens de la future épouse, M⁰ Boucassert eut un frisson, car il se rappelait ses quarante-cinq ans bien sonnés et le délabrement de ses poumons (il était asthmatique), et en même temps il songeait que Mme Boucassert, fort jolie, du reste, entamait à peine la trentaine et, bien que svelte comme un roseau de la Torgue, elle se portait comme un chêne de Recaudi, et lui disait toujours du mal de leur ami Camboulive, le percepteur, un célibataire agréable.

Il accepta le petit verre de Malaga qu'on lui offrit, la lecture finie, et bientôt quitta le salon non sans avoir soigneusement enroulé son cache-nez autour du cou, malgré l'extrême douceur de la saison...

A minuit, quand le couple pénétra dans l'église, toutes les cloches de Roujan furent en branle. Auguste Tarbouriech, l'organiste-compositeur plusieurs fois couronné aux concours orphéoniques de Pézénas et de Béziers, attaqua sa fameuse « Marche des fiancés » qu'il avait jouée pour le mariage de l'infortuné Gédéon.

Enfin, M. le curé Chavernac commença la messe

L'émotion distraite du savant augmentait à mesure que s'approchait l'heure où, de par le droit marital, il disposerait des fossiles entassés dans la chambre rose. C'est à peine s'il avait regardé sa future, belle pourtant dans une toilette de soie mauve, ses traits charmants encadrés par les larges bandeaux bouffants de sa chevelure qu'éclairaient deux antennes de diamant. Il n'entendait pas un mot de ce qui se murmurait autour de lui et suivait machinalement tous les gestes, toutes les génuflexions du prêtre. Il était à ce point absorbé par la vertèbre de l'Homme-singe qu'il ne voyait qu'elle autour de lui, dessinée sur les murs, peinte dans les tableaux, rayonnant sur les vitraux de la chapelle où se célébrait le mariage.

Les orgues à nouveau retentirent et on se rangea pour la sortie.

Malgré l'heure avancée de la nuit, toute la population rojanaise se pressait aux portes, poussée par une bienveillante curiosité.

A ce moment, un rassemblement se fit autour d'Antonin Ricome, le garde-champêtre, qui, sa casquette en coup de vent, sa carabine de travers, la figure empourprée d'une vive émotion, venait d'apparaître sur la place. Il arrivait à cette heure tardive de Béziers, où on l'avait mandé comme témoin à propos d'un procès-verbal par lui dressé naguère, et il en rapportait la nouvelle d'un crime horrible commis l'avant-veille à Bassan, aux portes mêmes de la cité biterroise.

Thomas Alengir, le colporteur, que tout le monde aimait et choyait dans le pays, tant à cause de son honnêteté commerciale que de l'empressement à être utile aux ménagères, se chargeant de leurs commissions, de leurs envois et même de leur correspondance pour la ville, Thomas Alengri, dont la voiturette était connue, dans tous les hameaux, granges et bordes de la plaine, avait été assassiné l'avant-veille, à son retour de la foire de Bassan.

On avait trouvé la charrette sur laquelle il colportait ses marchandises pillée, dévalisée, dépourvue de sa monture et jetée dans le fossé de la grand'route; à cet endroit même, une mare de sang que la terre n'avait pu boire, et çà et là horriblement maculées et déchirées comme par une lutte suprême, les hardes dont il était vêtu ce jour-là. Mais pas la moindre trace du cadavre. Les investigations les plus minutieuses opérées par l'autorité dans les alentours étaient demeurées sans résultat d'où tout le monde restait convaincu que les assassins étaient des « Caracous », des Bohémiens d'Espagne ou de Hongrie, véritable vermine, dont la plaine de l'Hérault pullule en cette période de fêtes patronales, et qu'ils avaient dû emporter le cadavre dans leur roulotte.

Ce fut un étonnement douloureux parmi la foule, et tandis que les uns accablaient Antonin Ricome de questions, les autres échangeaient bruyamment les réflexions. On en oubliait presque la noce.

— Et dire, faisait Virginie Paloc, qu'il y a trois jours à peine je lui achetais cette broche!

— Et moi un dé à coudre et deux aunes de toile écrue, reprenait Justine Pellefigue avec un tremblement dans la voix.

— Cela vous surprend, vous autres, intervint avec un petit air de supériorité, Prosper Esclaft, du « Soleil d'Or », l'homme le mieux renseigné du pays, pour moi il y a belle lurette que j'ai prévu ce malheur et que je l'ai prédit à maints de mes clients et à la victime elle-même.

— Ah! vraiment? firent plusieurs badauds en se massant curieusement autour de l'aubergiste.

— Oui, poursuivit-il, heureux d'être l'objet de l'attention publique, j'en prends à témoin Félis Chamayou, notre précon, et je suis sûr qu'il ne me démentira pas; il n'y a pas encore un mois, le dernier jour de notre foire, Thomas Alengri (que Dieu ait son âme!) buvait un verre au « Soleil d'Or » avant de regagner la ville; tout à coup sans la moindre défiance, sans s'assurer de ce qui était autour de lui, il se mit à étaler sur la table et à compter sa recette de la journée : piles d'écus, piécettes blanches voire de louis d'or, si bien que je ne pus m'empêcher de lui dire : « C'est imprudent, l'ami, ce que vous faites là... » Et savez-vous ce qu'il me répondit : « Bah! bah! maître Prosper, je n'ai encore rencontré que des honnêtes gens dans nos parages ».

— C'est vrai, appuya Félis Chamayou, il me semble que c'était hier.

A ce moment du récit le porche de l'église retentit sous la hallebarde du suisse et la porte s'ouvrit avec fracas.

Telle est la mobilité d'esprit de la foule que le meurtre du colporteur fut oublié en un clin d'œil et qu'elle se précipita vers le cortège :

— Il a tout de même meilleure mine que feu M. Gédéon, s'exclama la vieille Pellefigue, quand Roucairol fut sur le seuil.

— D'abord, il est beaucoup plus grand, ajouta Véronique.

— Et plus distingué, conclut Mme Salvy, la femme de l'instituteur.

La mariée fut jugée exquise et sa toilette de bon goût.

— Eh! eh! fit un bon vieux en humant une prise, elle n'a pas mis long à se consoler.

— Mais pourquoi ne pas le prendre à Roujan au lieu d'aller le chercher à Montpellier? observa le patron du « Soleil d'Or ».

— Vas-y voir, Prosperdou, lui jeta Pellefigue en riant.

Sans entendre un mot de ces réflexions que pourtant on échangeait à voix haute, sans la moindre gêne aussi, Roucairol marchait droit et raide, dignement sanglé dans son habit noir, de plus en plus hypnotisé par la vertèbre.

Quant à Mme Roucairol, depuis le commencement de la cérémonie nuptiale, elle était restée très pensive. Les femmes, en ces circonstances, sont peu touchées par la formalité légale trop simple et sans apparat. L'écharpe de M. le maire n'a pas le don de les émouvoir; c'est d'ordinaire avec indifférence qu'elles écoutent la lecture du Code, et sans le moindre trouble qu'elles prononcent le « oui » définitif. Mais il n'en est pas de même à l'église, dont les pompes et les mystiques solennités sont bien faites pour aiguiser et satisfaire leur exquise nervosité.

C'est là et là seulement pour la plupart d'entre elles qu'est réellement célébré le mariage. Aussi bien qu'ayant déjà éprouvé les sensations et les sentiments qui naissent dans l'âme en ces circonstances, Mme Roucairol n'en avait pas moins été vivement troublée, et on remarqua à la sortie qu'elle était un peu plus pâle qu'au jour des premières épousailles.

— Peut-être un effet de lune, expliqua Félis Chamayou, le précon.

— Hé! hé! le gaillard pourra s'en payer un tout à l'heure, riposta toujours égrillard, Prosper Esclafit du « Soleil d'Or ».

Dans la voiture découverte qui les emportait tous deux vers Valeuzières, tandis que Roucairol, toujours distrait, ne voyait que le moment de toucher, de palper, de manipuler à son aise la vertèbre tant convoitée, Rosette était en proie à une cruelle obsession.

Lors de la signature du contrat, comme le notaire Boucassert, elle avait été frappée par l'absolue similitude des choses ambiantes dont la fatale conséquence était l'évocation de ses premières épousailles. Elle en avait eu une sensation indéfinissable de gêne qui s'était accrue à la mairie et au cours du repas de noces.

A l'église, l'émotion inséparable de la cérémonie nuptiale avait encore accentué ce singulier état d'âme, et maintenant devant cette nuit splendide de mai, pareille à celle qui vit son premier mariage, elle éprouvait une sorte d'hallucination pénible, dont malgré ses efforts elle ne pouvait se délivrer.

ENFIN sous les platanes argentés, Valeuzières apparut avec ses murs de clôture, dont les clématites et les volubilis ouvraient aux rayons lunaires les odorantes clochettes de leurs fleurs. On était arrivé.

Aux alentours du perron, des lampions achevaient de brûler et, dans le jardinet, quelques lanternes vénitiennes se mouraient parmi les tilleuls.

Comme au retour de ses premières épousailles, Rosette vit le jardinier, sa femme et ses enfants ouvrir les battants du portail et leur jeter, selon la coutume, en témoignage des vœux qu'ils faisaient pour leur bonheur, quelques grains de sel et de blé. A ce moment, Mammouth, le chien aimé de Gédéon, bondit hors de sa niche et se jeta dans la nuit des aboiements éperdus et méchants qui la glacèrent. Il fallut le chasser à coups de pierres, et toujours grondant et geignant, il se réfugia au grenier d'où, depuis le matin, Mariette avait refusé de sortir.

Dans le salon où ils entrèrent, Roucairol et sa femme durent subir un dernier défilé des intimes. Les Maraval s'étaient éclipsés après le contrat. Alors survint un personnage qu'on n'avait point vu jusque-là.

La première surprise passée, on reconnut Paleyrac que tout le monde croyait être le domestique de Roucairol. On le vit donc sans étonnement s'approcher à son tour de son maître et lui glisser, non sans mystère à l'oreille, quelques mots que personne ne put saisir. Ce devait être une bonne nouvelle, car la figure du savant rayonna.

Quelques instants après ils étaient seuls.

Dans le vaste lit nuptial, Rosette, sa jolie bouche entr'ouverte par le sommeil, faisait un rêve où se reflétaient toutes les émotions de la journée.

Elle se promenait dans son jardin par une aube si blanche, si blanche, que toutes les fleurs semblaient être des lis, même les roses sanglantes du Bengale. Or, voici que la plus belle de ces roses se mit à grandir et à devenir plus belle encore, si bien que toutes les autres lentement disparurent effacées par son éclat et elle la vit rayonner seule au milieu du jardin. Et cette rose, tout en gardant sa forme glorieuse et son parfum troublant, prenait lentement les traits la physionomie d'une femme, qu'elle connaissait bien, un front poli comme l'ivoire, et que rendait plus blanc encore le cadre de deux bandeaux noirs, des lèvres rouges comme les mûres en juillet, et un nez effronté, mutin, dont le retroussis ne permettait pas la méprise. Enfin, cette rose étrange, en se balançant sur sa tige, imitait ses allures, sa démarche, à elle Rosette, d'une façon si fidèle qu'elle se crut, pour tout de bon, muée en fleur.

Soudain, la porte qui séparait le jardinet du clos où Gédéon dormait son sommeil éternel s'entr'ouvrit, et Gédéon lui-même apparut, non point triste, émacié, dolent, ainsi que d'ordinaire déambulent les morts, mais gros, gras, rayonnant comme au jour de leurs épousailles. Il s'avança vers la rose magique et s'apprêtait à la cueillir quand du côté opposé un homme s'élança qui le repoussa violemment. C'était Roucairol, radieux et menaçant dans son complet gris perle. Lui aussi voulait la rose. Une lutte allait s'engager autour de la fleur immobile, lorsque surgit, elle ne sut d'où, un jeune officier à moustache blonde et dont le mince galon rutilait au soleil levant. Ferdinand! C'était le sous-lieutenant Ferdinand lui-même, qui, sans mot dire, sépara les deux combattants et doucement cueillit la rose; puis, d'une main fine et alerte, il leur en distribua les pétales. Pétale à l'un, pétale à l'autre, sépale à l'un, sépale à l'autre, ainsi que font les jeunes filles en consultant les marguerites. Enfin quand il ne resta plus que le cœur, les deux hommes tendirent vivement la main, mais Ferdinand le baisa pieusement, puis le passa à sa boutonnière. A ce moment Rosette poussa un soupir qui fit se dresser Roucairol couché tout près d'elle.

« Décidément, elle dort bien, pensa le savant qui, lui, n'avait pas encore fermé la paupière; et je puis sans la réveiller, rejoindre Paleyrac à sa « chambre rose ». Il attendait cet instant avec tant d'anxiété que le cœur lui battait à rompre.

Enfin il allait la tenir entre ses mains cette vertèbre fameuse, il pourrait s'assurer dans quelques instants qu'elle était bien celle de l'Homme-singe apporté de Montpellier par son fidèle Paleyrac auquel il avait donné l'ordre de veiller toute la nuit, s'il le fallait.

Il se glissa donc hors du lit, revêtit à tâtons ses habits de noce, dans lesquels il avait eu soin de mettre la clef de la fameuse armoire, s'assura encore une fois que sa femme dormait toujours, et sortit avec des précautions infinies.

Ainsi qu'il était convenu, Paleyrac l'attendait en compagnie de l'Homme-singe.

Quand il approcha la clef de l'armoire, la main du savant tremblait si fort que, pour se dissimuler à lui-même cette émotion gênante, il interpella Paleyrac.

— Eh bien, que se passe-t-il de nouveau là-bas? Segaudy et ses partisans se doutent-ils de mon triomphe?

— Personne, même parmi vos élèves, n'a eu vent de quoi que ce fût. J'ai gardé le plus absolu silence ainsi que vous me l'avez recommandé, et n'ai rien répondu à ceux, amis ou adversaires, qui, dès mon arrivée sont accourus pour me questionner

— Alors la surprise sera complète au jour du Congrès?

— Aussi complète que possible. Jugez-en : je n'ai point démenti un seul des bruits plus ou moins absurdes qu'on a fait circuler à ce propos, et la plupart vous croient encore à l'étranger, n'osant rentrer en France avec la honte de votre insuccès. Que d'autres canards n'a-t-on pas fait voler, auxquels je n'ai pas daigné couper les ailes ainsi que vous me l'aviez recommandé?

— Et tu fais bien, Paleyrac.

— Oh! vous pouvez le croire, j'ai eu du mérite à cela : vrai, je ne vous écrivais pas tout ce que je voyais, tout ce que j'entendais, tout ce qui me mettait hors de moi. Plus d'une fois, croyez-le, la moutarde me monta au nez de vous entendre calomnier en ma présence.

— Bien! bien! inutile de s'inquiéter quand on est à la veille du triomphe, interrompit Roucairol, en plaçant d'une main tremblante le coccyx enfin retrouvé au bas de la colonne vertébrale de l'Homme-singe.

Cela fait, il ne put retenir un cri de joie, tant il s'y adaptait à merveille. Il n'y avait plus à en douter, c'était la vertèbre même de ce squelette.

Gagné par l'enthousiasme de son maître, Paleyrac fit chorus, et peut-être, sans égard l'un pour son âge, l'autre pour sa dignité, allaient-ils se livrer tous les deux à quelque extravagance, quand, sur la porte cochère de la maison, le marteau s'abattit avec un bruit formidable, et une voix cria :

— Ouvrez, au nom de la loi!

Ils restèrent stupéfaits, les bras ballants devant le squelette, ne sachant ce qui arrivait.

— Au nom de la loi, ouvrez! gronda de plus belle la voix, et ils entendirent à la fois le jardinier accourir et le portail de fer rouler en grinçant sur ses gonds.

Aussitôt des bruits de bottes, des éclats d'éperons, des cliquetis de sabres retentirent dans l'escalier; la porte de la chambre rose s'ouvrit avec fracas et quatre gendarmes, dont un brigadier, entrèrent sans même soulever leur tricorne.

— C'est lui! s'écria le gradé en posant sa main gantée sur Paleyrac.

— Parfaitement, opinèrent ensemble les trois représentants de la loi.

— Il avait un complice, je m'en doutais, reprit le brigadier, en montrant du doigt Roucairol.

— Parfaitement, appuyèrent ses subordonnés.

— Messieurs, fit enfin le savant un peu revenu de sa stupeur, que signifie ceci? Vous violez indignement le domicile d'un citoyen.

— Silence, gronda l'homme aux galons; et, montrant le squelette étendu sur la table : Qu'est cela? interrogea-t-il sévèrement.

— Cela, cela, répondit Roucairol au comble de l'indignation et trouvant à peine ses mots, cela est le squelette de l' « Homo alalus ».

— Parfait, mon gaillard, reprit le brigadier rayonnant, tu fais bien d'avouer, cela te servira devant les juges...

Et afin de donner plus d'éclat à cet aveu en le faisant répéter, il montra du doigt le squelette et continua :

— Tu reconnais donc que ceci est l' « esquelette » de Thomas Alengri?

— Je vous répète, monsieur, que ceci est le squelette de l' « Homo alalus », la forme intermédiaire...

— Bien! bien, cela me suffit. Et s'adressant à ses gendarmes :

— C'est bien un étranger, comme je l'avais supposé tout de suite, ça se voit à son accent.

Puis de plus en plus radieux, il se tourna vers les deux hommes, et, sur un ton très radouci, comme en usent les gens de loi à l'égard des coupables qui avouent :

— Vous êtes peut-être Espagnols? interrogea-t-il.

— Ah! çà! voyons, gronda Paleyrac, que la colère et la stupeur avaient rendu muet jusqu'alors, et qui, de même que son maître, ignorait le crime commis à Basan, faut-il qu'on vous jette à la porte comme des malappris?

— Oh! oh! hurla le brigadier, ça c'est une autre affaire.

Et s'adressant à ses subordonnés :

— Les menottes! prononça-t-il d'un ton sec, mais ne serrez pas trop, du moment qu'ils ont avoué.

En un clin d'œil, Roucairol et Paleyrac furent saisis, garrottés, ficelés, selon toutes les règles de l'art, tandis que le brigadier lui-même remettait le squelette dans la boîte oblongue et y apposait le sceau de la loi.

A ce moment, Rosette, réveillée et attirée par le bruit et les éclats de voix, accourait anxieuse, un bougeoir à la main, à la recherche d'Arsène qu'elle n'avait pas retrouvé dans son lit. Elle le vit garrotté, poussé par les gendarmes comme un malfaiteur. Elle entendit le brigadier hurler : « Arrrche donc! » Elle essaya d'ouvrir la bouche pour articuler un mot, mais ne put que pousser un grand cri et tomba sans connaissance entre les bras du jardinier et de sa femme.

A nouveau, le portail roula sur ses gonds; puis un profond silence se fit, et on n'entendit plus que des cliquetis de sabres et d'éperons, mêlés aux aboiement joyeux que Mammouth adressait à la lune.

Ah! quelle nuit ils passèrent sur la route départementale de Roujan à Béziers, où on les conduisait! Les poignets brisés par le fer des menottes, les pieds gênés dans ses souliers vernis, Roucairol faisait peine à voir. Paleyrac, au contraire, en sa qualité d'ancien zéphir, en avait vu d'autres pendant ses sept années d'Afrique. La compagnie des gendarmes ne l'avait jamais beaucoup effrayé, même lorsqu'il eut quelque peccadille à se reprocher, encore moins à l'heure présente où il se sentait la conscience pure.

« Evidemment, pensait-il, il y a erreur; cela s'éclaircira au point du jour devant le commissaire de Béziers; et pour montrer à son escorte qu'il était complètement rassuré sur l'issue de cette aventure, il marchait d'un pas alerte en sifflottant de temps à autre un couplet de la fameuse chanson de Nadaud:

> *Deux gendarmes un beau dimanche,*
> *Cheminaient le long d'un sentier,*
> *L'un portait la culotte blanche,*
> *L'autre le jaune baudrier...*

Le brigadier suffoquait de rage, mais songeant à l'avancement certain que lui vaudrait cette capture, coup de maître évidemment, il prenait la plaisanterie du bon côté, et même feignait de sourire quand Paleyrac arrivait au refrain :

> « *Brigadier, répondit Pandore,*
> *Brigadier, vous avez raison...* »

Cependant, Roucairol continuait à songer tristement : trois jours seulement le séparaient du Congrès, et peut-être à cause de ce ridicule incident manquerait-il le rendez-vous? Et puis, en voyant son Homme-singe maintenant complet aux mains de ce brutal et ignare brigadier, une frayeur le gagnait de le perdre à jamais; aussi s'arrêtait-il souvent pour faire au porteur mille recommandations.

— C'est bien, c'est bien, mon gaillard, interrompait chaque fois le gradé, on sait le respect qu'on doit aux « esquelettes », en général, et aux pièces à conviction en particulier...

Ils marchèrent longtemps, longtemps dans la nuit claire, longeant la Peyne dont le murmure faisait au pas rythmé des chevaux un accompagnement mélancolique.

L'orbe d'or de la lune, affleurant maintenant les montagnes de Caux, épandait sur la plaine endormie sa lumière expirante; plus loin les collines embaumées de Nizas allongeaient leurs crêtes indécises, s'amincissaient, se déformaient et finissaient par disparaître dans le bleuissement confus des choses.

Enfin, tandis que devant eux le globe apâli de la lune sombrait à l'horizon prochain des plaines biterroises, derrière, le soleil émergea, glorieux, des montagnes boisées de Valros. Alors, au fond des sillons roses, dans les prairies dorées, la dernière courtilière se tut; un flot d'azur lava de sa dernière étoile le ciel où s'élança, avec des cris joyeux, la première hirondelle, et, là-bas, les tourelles de Saint-Nazaire, le clocher de Saint-Aphrodise se dressèrent dans l'air limpide. C'était Béziers.

— Enfin! s'écria Paleyrac.

— Hélas! murmura Roucairol.

III

EN traversant Pézenas, le brigadier s'était empressé de télégraphier au procureur de la République l'arrestation à Roujan des meurtriers de Thomas Alengri. Malgré l'heure avancée, la nouvelle eut vite fait le tour de la ville. Une foule considérable s'était portée vers l'avenue de Pézenas par où ils devaient arriver. Beaucoup avaient passé là une partie de la nuit; les rues et les ruelles voisines débordaient de peuple. Tout le monde connaissait Alengri; on l'estimait et on l'aimait non seulement à Béziers, sa ville natale, mais encore dans les villages, fermes et granges d'alentour. Aussi, pour prévenir le désordre et protéger les prévenus, l'autorité avait jugé bon d'envoyer un le peloton de ligne, et tout ce qui restait de gendarmes à la brigade.

Par instants, du haut des platanes de l'avenue grouillant de gamins, un cri tombait aussitôt répété par mille voix : « Les voilà! Les voilà! » Un remous violent se produisait dans la foule, tous les regards se portaient vers la route, où dans le lointain voltigeait un épais nuage; mais bientôt la poussière se dissipait, et la charrette d'un jardinier ou la voiture d'un médecin apparaissait dans la clarté matinale.

Ces désappointements successifs augmentaient la mauvaise humeur du peuple et aiguisaient sa haine contre les meurtriers.

Enfin, le pas des chevaux retentit, les aiguillettes des gendarmes et les galons d'argent de leur tricorne étincelèrent au soleil, et la foule se précipita. Les fantassins et les cavaliers eurent beaucoup de peine à le contenir. C'étaient bien eux, cette fois, et dans quel état, bon Dieu!

Ses escarpins vernis crevés par la marche, son habit noir blanc de poussière, Roucairol faillit s'évanouir en présence de la multitude; peut-on rêver, en effet, plus bizarre et plus douloureuse situation pour un paléontologue nouvellement marié?

En entendant les clameurs irritées de la foule, Paleyrac lui-même sentit sa confiance et son courage d'ancien zéphir l'abandonner, et il se demandait sérieusement si l'aventure ne tournerait pas au tragique; quand ils atteignirent le carrefour de l'Avenue, un tonnerre de huées et de menaces acheva de le désemparer.

La vue de la boîte oblongue contenant le squelette, et que le brigadier triomphant portait en croupe de sa monture, mit le comble à l'exaspération du peuple. « A l'Orb! au canal! » cria-t-on partout; les gendarmes faillirent être débordés et les deux malheureux tremblèrent un moment pour leur vie.

Ce ne fut pas sans peine que le cortège arriva au Palais de Justice, où le procureur de la République, le juge d'instruction et le commissaire central se tenaient en permanence, attendant les prévenus.

Ce qui se passa dans le cabinet du juge fut épique.

Le brigadier, plus fier qu'Artaban, raconta à sa façon comme il avait été mis sur la piste de deux assassins. Il était de garde aux abords des Messageries Méridionales qui font le service de Montpellier à Roujan, lorsque les allures étranges, les menées furtives du particulier (il montrait du doigt Paleyrac) le frappèrent, l'énorme boîte à violon qu'il dissimulait avec tant de soin, et qu'il voulut lui-même, avec des précautions infinies, hisser sur l'impériale de la diligence, avait donné l'éveil à ses soupçons et l'idée lui était aussitôt venue qu'il était devant l'assassin d'Alengri. Enfin la façon mystérieuse dont il paya sa place au bureau, en se cachant de tout le monde, en évitant tous les regards et la grimace qu'il esquissa en l'apercevant, lui, brigadier, achevèrent de le convaincre. Plus de doute possible, cet homme était l'assassin et ce qu'il dissimulait ainsi dans la boîte à violon était le cadavre de la victime qu'on n'avait pu retrouver. Son premier mouvement fut de lui mettre la main au collet; mais l'idée qu'il pouvait avoir des complices avec lesquels il se disposait à s'aboucher l'en empêcha.

Il avait donc décidé de prendre avec lui trois gendarmes et de suivre la diligence jusqu'à destination.

Son inspiration fut heureuse, car, dès son arrivée à Roujan, il avait vu l'assassin ressaisir sa boîte à violon, avec les mêmes précautions mystérieuses, et attendre la nuit pour gagner le domaine isolé de Valeuzières.

Vous savez le reste.

Roucairol et Paleyrac blêmirent en écoutant ce récit. Ainsi donc on les prenait pour des assassins: ils voulurent parler, interrompre le brigadier, se disculper, mais un « silence » très sec du juge les arrêta. Alors, comme péroraison, le brigadier se mit en demeure d'ouvrir la fameuse boîte devant les

magistrats quasi convaincus; mais comme il s'y évertuait avec maladresse et risquait d'endommager le contenu, Roucairol se précipita.

— De grâce, messieurs, s'écria-t-il, laissez-moi faire, il y va des intérêts supérieurs de la science.

Et, malgré les menottes qui étreignaient ses poignets, il ouvrit la boîte avec une dextérité qui stupéfia les assistants.

— Et maintenant, messieurs, poursuivit-il, en s'adressant aux juges, ne faites pas comme le brigadier qui n'a point daigné nous écouter un ins-

Il n'y avait plus à en douter, c'était la vertèbre même de ce squelette (p. 23).

tant, et prêter une oreille attentive à nos explications. Vous verrez que nous ne sommes pas des assassins. Ceci n'est autre chose que le squelette de l' « Homo alalus », autrement dit l'Homme-singe, retrouvé dans la grotte de Caramaou; c'est la forme intermédiaire entre le premier des anthropoïdes et le dernier spécimen des races humaines existantes; j'ai eu, moi, Arsène Roucairol, professeur de paléontologie comparée, membre de l'Académie de Montpellier, officier de l'Instruction publique, l'honneur de le reconstituer au péril de ma vie... Monsieur, ajouta-t-il en montrant son compagnon de chaîne, s'appelle Donatien Paleyrac, appariteur à la Faculté des sciences, et m'a puissamment aidé dans cette œuvre. Nous mettions tous les

deux la dernière main à la préparation du fossile
pour le présenter au Congrès des naturalistes, qui
doit se tenir après-demain à Montpellier, quand ces
messieurs, contrairement aux lois et aux convenances, envahirent mon domaine et s'emparèrent de
nos personnes.

— Très bien! fit sèchement le juge, qui avait
toutes les peines du monde à dissimuler sa stupeur,
avez-vous des pièces d'identité justifiant vos dires?

Sur ce, les deux prévenus firent mine de se fouiller, mais ne purent, empêchés par les menottes. On
les leur enleva. Et tandis que Paleyrac, après cinq
minutes de laborieuses recherches dans la profondeur de ses poches, n'arrivait à mettre au jour
qu'un briquet, sa pipe et sa blague, Roucairol, lui,
ne trouvait rien, pas même une carte de visite.

— Vous comprendrez, Messieurs, dit-il, que dans
les circonstances où mon arrestation a eu lieu, on
ne songe pas à se munir de ces pièces.

Alors seulement les magistrats, dont la stupéfaction croissait toujours, jetèrent un regard ahuri sur
l'habit noir, la cravate blanche, les escarpins vernis
du prisonnier.

— Je vois, Messieurs, reprit placidement Roucairol, que ma tenue vous étonne, mais votre étonnement cessera quand vous saurez que je sortais de
l'église, où je venais de me marier. Enfin, si vous
ne daignez pas me croire sur parole, adressez-vous
télégraphiquement, je vous en supplie, à votre chef,
mon ami Arribat, procureur général de Montpellier. Je dis « télégraphiquement » et j'insiste, car
c'est après-demain, comme je vous le disais tout à
l'heure, que doit se tenir le Congrès des naturalistes, où, grâce à ma découverte, la preuve de notre
descendance simienne sera faite.

La première impression du procureur, en écoutant
cela, fut que Roucairol, en habile gredin, posait
déjà les jalons de sa défense en simulant la folie;
mais, la réflexion et l'observation aidant, l'air
d'honnêteté répandu sur son visage et sur celui de
son compagnon, la fermeté de sa parole élevèrent
des doutes dans son esprit. Assurément, le fait de
travailler à la préparation d'un fossile la nuit
même de son mariage était une déconcertante bizarrerie; pourtant, il se rappela jusqu'où pouvait aller
chez certains savants la monomanie de leur science.
Enfin le ton de certitude et de sincérité sur lequel il
venait de donner comme référence le procureur général lui indiqua aussitôt sa ligne de conduite.

Après avoir ordonné aux gendarmes de conduire
les deux prévenus à la geôle municipale, en les
traitant avec tous les ménagements désirables, il
rédigea devant Roucairol le télégramme suivant :

« Procureur de la République, Béziers,
        à procureur général, Montpllier.

« Prévenus arrivés. Nient toute participation au
crime; l'un prétend s'appeler Arsène Roucairol, professeur de paléontologie comparée à la Faculté des
sciences de Montpellier et être votre ami; l'autre dit
se nommer Donatien Paleyrac, appariteur de la
même Faculté.

« Attends réponse pour agir ».

— Je vous remercie, monsieur, fit le savant. Et
jetant un regard plein de tristesse sur le squelette :
Il ne me reste plus qu'à vous recommander ce fossile à la conversation duquel est liée la solution du
plus grand problème scientifique.

— Rassurez-vous, monsieur, il n'y sera nullement touché jusqu'à nouveaux ordres.

Un peu rassérénés, Roucairol et Paleyrac suivirent
les gendarmes et furent conduits à la geôle par une
porte dérobée, à travers la cour du Palais de
Justice, tandis qu'au dehors la foule menaçante
grondait toujours. Contrairement aux règlements
on ne les sépara pas. C'était encore une attention
du procureur qui, décidément avait été frappé par
leur mine honnête et par les paroles du savant.
« D'ailleurs, pensait-il, il sera toujours temps de
revenir à la sévérité de la consigne si la réponse de
mon chef leur est défavorable ». Il prescrivit même,
ce qui acheva d'étonner les gardiens, qu'on leur
servit une légère collation à laquelle ils firent honneur, malgré les secousses et les émotions de la
nuit.

— Il est neuf heures, murmurait Roucairol en
mangeant; vers dix heures au plus tard, mon ami le
procureur général recevra la dépêche de son subor-
donné; je ne doute pas que, pour mettre un terme
à notre lamentable situation, il n'y réponde immédiatement; et à midi, nous serons libres.

— Dieu vous entende! répondit Paleyrac.

— Il est certain, reprit le savant, que, le Congrès
ayant lieu après demain-matin, nous n'aurons pas
une minute à perdre; aussi, une fois relaxés, parti-
rons-nous tout de suite pour Montpellier; nous pouvons y être ce soir, à sept heures.

— Et madame votre épouse? observa timidement
l'appariteur.

— Diable! c'est vrai, s'écria le savant, elle doit
être inquiète, à cette heure.

— Assurément, fit Paleyrac.

— Eh bien! voici qui conciliera tout : pendant
qu'avec le squelette tu fileras sur Montpellier, je me
rendrai en voiture à Roujan; le temps d'y prendre
ma femme et, en route pour le Clapas. Ce sera
notre voyage de noces, ajouta-t-il en riant.

— Parfait, dit Paleyrac.

Et sur ces consolantes pensées, aussi fourbus l'un
que l'autre, ils s'endormirent sur leur lit de sangle.
Encore une fois, Roucairol rêva qu'il écrasait Segaudy en présence d'un tas de savants venus de
tous les points du globe, qu'il donnait la conséquence de l'absolue vérité à la théorie darwinienne,
que pour l'en récompenser, l'Académie des sciences
de Paris, l'admettrait dans son sein comme associé
national, et que le ministre de l'Instruction publique remplaçait par le ruban rouge la rosette violette de sa boutonnière.

Quant à Paleyrac, dont les ronflements sonores
ébranlaient les voûtes de la geôle, il se voyait, ni
plus ni moins, huissier-audiencier de l'Institut montpelliérain, en remplacement de Rastoul mis à la
retraite d'office.

Ils furent réveillés une heure après par l'arrivée
du gardien-chef apportant à Roucairol de la part du
procureur de la République, une dépêche ouverte.
C'était la réponse du chef du parquet. Rien qu'à
voir la mine sévère, l'air hautain du geôlier ga-
lonné, notre savant devint blême. Il ne se rassura
qu'à demi en lisant :

« Procureur général Montpellier à
        Procureur général, Béziers.

« Professeur Roucairol en mission à l'étranger.
Demande autres renseignements Ministre Instruc-

tion publique. Me rends moi-même Béziers. Redoublez surveillance ».

Les deux prisonniers s'entre-regardèrent étourdis; ils n'avaient pas prévu cela. C'était un abominable contre-temps et qui mettait encore une fois leurs projets à vau-l'eau. Leur désappointement s'aggrava par l'ordre que le gardien-chef leur intima, d'un ton sec, d'avoir à le suivre. Le procureur de la République, en effet, au reçu du télégramme de son chef, jugeait nécessaire d'en finir avec les faveurs dont il les avait comblés dans le doute. L'arrivée imminente du procureur général lui faisait, d'ailleurs, un devoir de revenir à la stricte application des règlements, afin de ne pas encourir son blâme, quel que fût le dénouement de cette étrange aventure.

De la chambre relativement confortable qui leur avait été donnée on les conduisit chacun dans une des cellules réservées aux grands criminels, et, à partir de cette heure, on leur appliqua rigoureusement la consigne de la prison.

Une fois seul dans cette étroite pièce éclairée par un œil-de-bœuf grillagé, Roucairol se sentit pris d'un découragement immense. Ainsi donc un mauvais Destin, une Fatalité implacable s'attachaient à son entreprise. Après avoir, depuis bientôt quatre mois, subi toutes les péripéties, toutes les vicissitudes imaginables, après avoir parcouru l'Europe, fouillé ses musées et ses collections, après avoir risqué sa vie dans la grotte de Caramaou, poussé le courage et l'amour de la science jusqu'à bouleverser son existence, en y introduisant une femme par la voie légitime du mariage, après avoir, en un mot, fait le possible et l'impossible pour retrouver la fameuse vertèbre et avoir réussi, voilà que la simple méprise d'un gendarme suffisait à démolir un édifice si laborieusement construit.

En effet, si le procureur général manquait le train de cinq heures, comme il en faisait prévoir la possibilité dans sa dépêche, et remettait son départ au lendemain, il était, lui, Roucairol, dans l'impossibilité matérielle de se trouver au rendez-vous. Alors, comme aux heures les plus sombres où il espérait reconstituer l'Homme-singe, il vit Segaudy triomphant de son absence, et les segaudiens couvrant de sarcasmes avec une rage nouvelle et une recrudescence d'ironie les belles théories darwiniennes. Et, bien qu'il eût conscience de la fragilité de ce triomphe puisqu'il possédait les preuves décisives, il n'en souffrait pas moins comme s'il les eût perdues.

Enfin une crainte, une obsession douloureuse achevaient de le bouleverser. Son fossile était entre les mains du procureur de la République; sans doute celui-ci lui avait promis qu'il n'y serait point touché, mais, après la réponse du chef du parquet, de même qu'il leur avait appliqué les rigueurs du règlement, l'idée pouvait lui venir de livrer le squelette à l'examen des médecins-légistes. Et ces praticiens, ignorant la paléontologie comparée, ne s'adonneraient-ils pas sur lui, sous prétexte d'en déterminer l'âge et la nature, à des coupes, à des mutilations sans nombre? Rien que d'y songer, il en avait la chair de poule, et une sueur froide perlait à son front.

Ah! s'il avait eu son Homme-singe, là, près de lui dans sa cellule! A le considérer, à le palper, les heures lui auraient paru moins longues. Il la posséda si peu sa vertèbre; on l'avait si vite, si brutalement et de façon si imprévue arraché à la contemplation de son œuvre.

Enfin, que l'on rie ou que l'on se lamente, que l'on jouisse ou que l'on souffre, les minutes n'en succèdent pas moins aux minutes, le temps n'en poursuit pas moins sa marche, et, à la montre que Roucairol consultait sans cesse d'une main nerveuse, l'aiguille marqua cinq heures. Il compta les secondes avec un redoublement d'angoisse. Evidemment, si le contre-ordre télégraphique n'arrivait pas d'ici la demie, cela prouverait que le procureur général Arribat aurait pris le train, et en ce cas, il était sauvé.

Une clef grinça dans la serrure, et le gardien-chef apparut; l'air plus sévère, la mine plus hautaine encore, il lui tendit sans mot dire cette dépêche que Roucairol lut en tremblant :

Procureur général à Montpellier,
à Procureur de la République, Béziers,

« Nouveaux renseignements demandés à ministre de l'instruction publique confirment professeur Roucairol en mission à l'étranger. Mon opinion est que vous tenez les assassins de Thomas Alengri. Impossible de partir ce soir. Arriverai demain dans la matinée ».

Le gardien, lui ayant arraché brutalement des mains le petit papier jaune, sortit, et un homme entra apportant le repas des prisonniers : du pain noir, une gamelle de soupe et de l'eau. Décidément, le magistrat augmentait les sévérité administratives à l'égard des prévenus, à mesure que se faisait dans son esprit la certitude de leur culpabilité. Roucairol était atterré. Le ministre se mettait de la partie contre lui. Sa mission devant durer quatre mois, il avait négligé de l'informer de son retour en France, de son séjour à Roujan, de ses fouilles dans la grotte de Caramaou, comme il avait caché tout cela à ses plus chauds partisans, afin de conserver à ses recherches le mystère et le secret qu'il jugeait nécessaires pour leur succès.

Et voilà que maintenant, sous l'influence de son mauvais génie, cet insignifiant détail se tournait contre lui. Pour tout le monde, amis, adversaires, ministre, et il devait rester, jusqu'à l'arrivée du procureur son ami, l'assassin de Thomas Alengri.

On ne pouvait rêver situation plus pénible, si ce n'est celle où était, à cette heure même, Mme Roucairol.

IV

Son évanouissement fut suivi d'un accès de fièvre. Le délire s'en mêla, un délire violent, au cours duquel, les cheveux dressés, les bras tendus, elle semblait se débattre contre des ennemis invisibles.

Mandé à la hâte, le docteur Lognos ne parut pourtant pas s'en alarmer et déclara même qu'il n'y avait aucun danger dans son état. En effet, le sommeil ne tarda pas à venir, et, comme midi sonnait, elle se réveilla dans le vaste lit conjugal, dont une main avait soigneusement clos les rideaux.

Elle entendit marcher autour d'elle et reconnut le pas traînard de Mariette. Alors pour éviter, à ce moment, tout contact avec la vieille fille et envisager calmement sa situation, elle s'abstint de remuer et continua de respirer lentement comme si elle dormait encore.

Elle se sentait meurtrie, brisée; en sa tête lourde les idées s'associaient péniblement, et elle avait beaucoup de mal à rassembler les souvenirs de cette étrange nuit.

L'allocution de M. le premier adjoint dans la grande salle de la mairie, morne et nue comme un corps de garde, puis, en contraste, l'imposante cérémonie nuptiale dans l'église pleine de lumière et de fleurs, la sortie au milieu d'une foule compacte, bavarde mais bonne et sympathique, la rentrée à Valeuzières en voiture par un clair de lune qui mettait du vif-argent dans les feuillages et jetait sur la route un blanc manteau de fiancée, tout cela surgissait après maints efforts, en sa cervelle endolorie. Et aussi lui revenait la conscience des troubles singuliers que mille similitudes d'ambiance, de faits et de dates entre ses deux épousailles avaient fait naître en son âme.

Enfin avait sonné l'heure désirée et crainte du tête-à-tête dans la chambre close, et ce souvenir alluma ses joues pâles. Elle s'était endormie un peu lasse, souriant à l'idée d'une longue existence heureuse aux côtés de l'aimé, puis, au bout de combien de temps? — impossible de le préciser — elle avait été réveillée par le bruit du marteau, des claquements de portes et des éclats de voix. Apeurée et tremblante, elle s'était instinctivement rapprochée de son mari, et, ne le trouvant pas, se sentit glacée jusqu'aux moelles.

Elle l'avait appelé sans obtenir de réponse, tandis que, du côté de la chambre rose, le vacarme redoublait. Dominant sa frayeur, sous le coup de pressentiments sinistres, elle avait allumé sa bougie, s'était précipitée dans l'escalier, et avait vu Arsène aussi pâle qu'un mort, garrotté, bousculé, se débattant entre quatre gendarmes.

Arrivée là de ses souvenirs, elle ne put réprimer un sanglot d'épouvante, et la vieille bonne apparut dans l'entre-bâillement des rideaux.

— C'est toi, Mariette, fit-elle d'une voix très faible.

— Oui, Madame, c'est moi, et comment vous trouvez-vous à cette heure?

— Mais... pas plus mal, beaucoup mieux même.

— Que Jésus soit béni! On peut dire que vous nous revenez de loin! Oh! oui, madame, allez, vous avez été malade, bien malade, et cela à cause de ce galapiat, tombé ici — on ne sait d'où — et dont la mine, vous le savez, n'eut jamais le don de me plaire...

Rosette fit un signe de la main, pour l'inviter à se taire, mais la vieille fille était lancée, et tout ce qu'elle avait amassé au fond de l'âme de haine, de rancune contre le savant, lui montant à la gorge :

— Ah çà! voyons, madame, éclata-t-elle, je suppose bien que vous n'allez pas le défendre. Avais-je tort quand je vous suppliais de vous défier de cet inconnu? Et si vous m'aviez écoutée, en seriez-vous où vous en êtes? Car enfin, il n'y a pas à dire, cet homme est un voleur et un assassin. C'est lui qui a tué, pour le dépouiller, le colporteur Alengri; où et comment? Vous auriez pu le lire, ces jours-ci, dans les gazettes. Et dire que ce gredin-là est votre homme, que vous êtes sa femme et que, du fond de son tombeau, notre pauvre M. Gédéon a pu voir toutes ces épouvantes! J'espère bien qu'on lui coupera le cou, comme on fit à Jean Claparède, le bandit de Caux, qui assassina sur les grand'routes; j'ai septante-cinq ans bien sonnés, mais j'irai à pied jusqu'à Béziers pour voir tomber sa tête...

Elle allait, elle allait, toujours, la vieille, s'exaltant de plus en plus, les dents serrées, les poings crispés, toute à sa haine, sans s'apercevoir que sa maîtresse blêmissait et se tordait dans le lit.

Rosette en effet ne savait pas jusque-là pourquoi on avait arrêté son mari; elle avait été si affolée, sa stupeur fut telle et si douloureuse qu'elle n'y avait seulement pas réfléchi. Aussi les révélations brutales de la vieille fille tombèrent sur elle comme un coup de massue; pourtant, elle se ressaisit bien vite et ne crut pas une minute à la possibilité même des faits que Mariette narrait avec tant de complaisance haineuse.

Alors Mme Roucairol, exaspérée, saisit d'un geste nerveux sa pantoufle qui traînait et la lui jeta violemment à la face.

Pâle de rage, Mariette sortit.

— Enfin! soupira Rosette.

Et elle sauta du lit à la hâte, décidée à courir à Béziers pour réclamer son mari et crier à tous son innocence.

En ouvrant sa fenêtre, elle vit une foule considérable qui grouillait sur la route et se tassait devant le portail du domaine. On clamait, on se bousculait, on jacassait.

C'étaient des gens de Gabian, de Neffiès, de Roujan, des hameaux et des granges voisines, qui, dès la nouvelle connue, s'étaient précipités pour avoir des détails sur les lieux mêmes.

Oh! elle n'avait pas mis long à se répandre l'étonnante, l'incroyable nouvelle! Ce fut Antonin Ricome, le garde champêtre, qui en apporta la primeur. Il faisait sa ronde de nuit dans les bois de Sainte-Marthe, quand il entendit sur la grand'route des cliquetis de sabres et des pas de chevaux. Il s'était approché à la hâte et avait vu, de ses yeux vu, M. Arsène Roucairol et son domestique marchant, les menottes aux poings, entre quatre gendarmes. Autant que le lui permit un admirable clair de lune, il distingua que le savant, encore vêtu de ses habits de noces, était pâle et défait, tandis que son vieux compagnon n'avait pas l'air de s'inquiéter et chantait même en marchant.

Il se crut victime d'une hallucination et, doublant le pas, rejoignit le cortège.

Le brigadier l'avait aperçu et, après un « bonsoir » amicalement échangé comme il convient entre deux représentants de la loi, lui avait dit pour répondre à l'interrogation de ses yeux : « Ce sont les assassins d'Alengri. »

« Pour le coup, concluait Antonin Ricome, les bras m'en tombèrent et je faillis choir dans le fossé... »

Quand il raconta ça, au petit jour, sur la place, devant l'hôtel du Soleil d'Or, où s'étaient assemblés pour l'écouter quantité de travailleurs oublieux d'aller aux champs, ce fut une stupéfaction générale. On n'y crut pas tout d'abord; pourtant le garde champêtre était si affirmatif; on le savait incapable de mentir ou même de plaisanter surtout dans d'aussi graves circonstances.

Enfin Prosper Esclafit, l'hôtelier qui n'avait pas encore pardonné à Roucairol de lui avoir préféré la Mule-Grise, ramena d'un mot les convictions hésitantes.

— Je me doutais de la chose depuis très longtemps, fit-il avec un clignement de paupières et un geste mystérieux comme un homme qui en sait beaucoup plus qu'il ne veut en dire.

On s'écrasa autour de lui.

— Comment, s'écria-t-il, simulant à la perfection l'ironie et la colère, vous avez été assez naïfs, vous autres, pour vous laisser prendre à la mine et aux paroles de ces deux individus! Mais vous n'avez pas plus de flair qu'un chien de garde. Moi, d'apercevoir seulement le bout de leur nez, j'ai été fixé sur leur compte et s'ils avaient frappé chez moi au lieu d'aller à la « Mule-Grise », je leur aurais montré la porte, et vivement. Tout le monde, cependant, m'a ri au nez; le vétérinaire Coupiac, pour ne citer que celui-là, s'est esclaffé quand j'ai énoncé en public mon opinion à leur sujet. Des savants, ça! Allons, donc! Des chevaliers d'industrie, plutôt, n'est-ce pas, vous tous, que, dès le premier jour, j'ai crié ça par-dessus les toits, le répétant à qui voulait l'entendre, ici, à Nefflès, à Gabian, partout enfin où m'appelaient mes affaires? N'est-ce pas vrai aussi que le premier, j'ai poussé notre maire à leur interdire l'accès de la grotte? Avais-je raison, oui ou non? Vous le voyez maintenant, sous prétexte de fouilles, ils venaient s'y soustraire aux recherches de la justice; car, soyez-en certains, avant l'assassinat d'Alengri, ils ont dû en commettre bien d'autres. Je suis convaincu pour ma part qu'ils ont tramé le meurtre du colporteur dans la grotte...

Comme il parlait très haut, les voisins avaient quitté leurs maisons; d'autres travailleurs se joignaient au groupe, et bientôt tout le village fut dans la rue.

Une lettre officielle arriva de Béziers qui enleva les derniers doutes. Le procureur de la République informait M. le maire de l'arrestation opérée cette nuit sur le territoire de sa commune et l'invitait à se mettre à la disposition du parquet pour tous les renseignements nécessaires.

Dès ce moment, la politique fut mêlée à l'affaire. Le parti Boucassert, qui, dès l'origine, s'était montré hostile à Roucairol, triomphait sur toute la ligne, tandis que les amis du premier adjoint Coupiac, dont l'influence lui avait été si utile, ne savaient présentement où se cacher.

C'était l'effondrement du vétérinaire.

Pour sûr, après cela, ni lui, ni aucun de ses partisans ne sortiraient aux prochaines élections municipales. Beaucoup de ces derniers prirent les devants et, afin de n'être pas englobés dans sa déconsidération, firent chorus avec le clan Boucassert.

La majorité du pays était maintenant convaincue de la culpabilité de Roucairol et de son domestique, et chacun voulait en savoir sur leur compte plus long que son voisin. Justin Vabre, le maréchal, racontait qu'une nuit, en venant de ferrer les mules au mas de Mouniou, il avait vu, à vingt pas de lui, deux hommes blottis sous un amandier dans le fossé même de la route; ils n'y faisaient point, pour sûr, besogne honnête, car ils s'étaient sauvés dans la direction de Fontès, mais grâce au clair de lune il avait fort bien reconnu les deux sires, Roucairol et Paleyrac.

Presque au même endroit, — étonnante coïncidence, — un soir qu'il rentrait chez lui après s'être attardé quelque peu à Roujan, Noël Alapetite, dit Castagnou, ramonet à la grange de M. Montagne, le conseiller général, avait été arrêté par deux hommes à longue barbe et drapés tous les deux dans une ample limousine de roulier. Il avait cinglé sa monture, qui prit le mors aux dents et se sauva, mais il avait eu le temps de reconnaître, malgré son déguisement, la figure et la voix de Roucairol.

Et d'entendre cela, plus d'un et plus d'une avaient la chair de poule, en songeant à l'effroyable danger qu'ils avaient couru pendant un mois dans le voisinage de ces deux horribles bandits.

— A côté d'eux, Jean Claparède, le brigand de la Taillade, n'était qu'un enfant, résuma solennellement Prosper Escalfit, du « Soleil d'Or ».

Enfin, le lendemain, non seulement les Roujanais, mais encore des gens de Nefflès, de Gabian, de Nizas et de plus loin, donnaient à entendre à qui voulait qu'ils avaient sur le crime et les criminels des renseignements inédits

Seuls, le vétérinaire Coupiac et Junior Vissec, de la « Mule-Grise », n'avaient point partagé la folie générale, et, ne se prononçant ni pour ni contre, se gardaient, comme on dit, à carreau.

Au milieu de ce flot de potins, on perdit un instant de vue la pauvre Rosette; et quand on y songea ce fut les uns pour s'apitoyer sur son étrange et douloureuse situation, les autres pour ricaner quelques réflexions grivoises. Le crime avait diminué la sympathie dont jouissait personnellement la jeune femme et on ne se rappelait plus que la légendaire avarice de sa famille.

Tandis que la foule des curieux croissait toujours aux abords du domaine, les Maraval arrivaient entassés sur leur carriole.

La vieille Scholastique, malgré ses efforts, ne parvenait pas à dissimuler sa joie, devant ce dénouement tragi-comique d'un mariage qui avait failli la rendre folle.

Ernestine ne savait si elle devait se réjouir de l'héritage reconquis, ou s'attrister de l'immense désolation en laquelle sa sœur était plongée, et cette hésitation se traduisait sur son visage insignifiant de blonde par d'intermittentes rougeurs.

Quant à Isidore, il n'essayait pas de cacher le contentement qu'il éprouvait à l'idée que cette épouvantable aventure coupait court à toute velléité matrimoniale de sa belle-sœur, et qu'ainsi sa fortune n'échapperait pas à la famille.

Il dodelinait béatement sa grosse tête à front étroit, où jamais ne germa que l'idée d'ajouter des écus aux écus, tandis qu'un flot de sang allumait son visage blafard et mettait un éclair dans ses yeux ternes.

De voir les expressions de leurs figures quand ils franchirent le seuil du domaine, Rosette se sentit mal au cœur, et leur fit annoncer par Gertrude la jardinière qu'elle était trop souffrante pour les recevoir. En même temps, elle ordonnait au jardinier de se tenir prêt à la porter à Béziers dans sa voiture dès que le jour tomberait.

Malgré les racontars cruels de Mariette qui, sur le coup de pantoufle, avait regagné sa mansarde; malgré la rumeur affirmative de la foule dont la journée durant elle avait écouté avec angoisse les

échos, elle croyait de plus en plus à une erreur de
la justice, ne pouvant, ne voulant pas s'imaginer
un seul instant que Roucairol fût coupable.

Si elle ne partit le matin même, comme elle en
avait eu l'idée tout d'abord, c'est que — elle en
était certaine — en la voyant se diriger vers Béziers, beaucoup l'auraient suivie, qui sur son til-
bury, qui en char à bancs, voire à dos de monture,
et elle voulut à tout prix éviter un nouveau scandale.

Donc, la nuit venue, quand la foule, fatiguée
d'attendre devant les grilles closes un événement
qui n'arrivait pas, se fut éparpillée dans les che-
mins, elle monta dans sa voiture et Firmin, ayant
reçu l'ordre d'aller grand train, fouetta vivement
les chevaux. Mais les deux bêtes étaient lassées par
les labours hivernaux et, malgré ses efforts, ils
n'atteignirent Béziers qu'à la pointe du jour suivant.

Neuf heures sonnaient à Sainte-Aphrodise quand,
pâle et tremblante, elle franchit le seuil du Palais
de Justice, demandant à parler à M. le juge d'instruction.

Sans daigner lui répondre, un employé maussade
l'introduisit dans la salle d'attente, et, là, vingt
minutes environ s'écoulèrent qui lui semblèrent
aussi longues qu'un siècle. Sa situation n'était-elle
pas, en effet, la plus étrange et la plus douloureuse
qu'il fût possible d'imaginer? Quelle contenance
aurait-elle devant le magistrat? Que lui dirait-elle
surtout? Elle n'y avait pas songé un seul instant
dans son désarroi. Non, mille fois non, son mari
n'avait pas commis l'épouvantable forfait dont on
l'accusait! Mais, hélas! il ne s'agissait pas seulement d'être convaincue, il fallait convaincre le
juge, fournir des preuves de cette innocence, et
elle avait beau se creuser la tête, elle ne trouvait
rien, rien que son indéracinable conviction. Puis,
à la pensée de certains détails que le magistrat, sans
nul doute, lui demanderait, de certaines questions
qu'il ne manquerait pas de lui poser sur sa nuit
nuptiale, elle sentit une rougeur soudaine lui brûler le visage, et dans cette salle triste et nue aux
murs blanchis à la chaux comme un sépulcre, elle
frissonna.

Mais voilà que dans la pièce voisine dont une
lourde portière seulement la séparait, elle entendit
parler et rire, et reconnut la voix de Roucairol.

— Mon Dieu, mon cher procureur général, et vous
monsieur le juge d'instruction, disait-il gaiement,
l'erreur du brigadier s'explique et je serais désolé
s'il lui en arrivait du chagrin. Je tenais tant à conserver le plus absolu secret sur ma découverte que
j'avais ordonné à Paleyrac de dissimuler soigneusement son voyage et celui de l'Homme-singe. Quoi
d'étonnant qu'au lendemain du mystérieux assassinat d'Alengri, les allures furtives de mon appariteur aient frappé ce vigilant gardien de la loi?
Et quand il fit irruption dans le cabinet où, au milieu de la nuit, nous mettions la dernière main à
la reconstitution définitive du squelette, pouvait-il
un seul instant douter qu'il ne fût tombé sur les
coupables, étant donné surtout qu'on n'avait pas
encore retrouvé les restes de l'infortuné colporteur? Donc, promettez-moi de laisser en paix ce
brave homme, et de ne pas lui en vouloir de sa
méprise plus que je ne lui en veux moi-même.
Certes, ma mésaventure a été bien cruelle, mais

ne suis-je pas compensé des misères subies par ce
fait que ni lui, ni ses gendarmes, ni vous, monsieur
le juge, n'avez pas un seul instant douté en voyant
ce squelette que ce fût un squelette humain? Et
n'est-ce pas une excellente preuve en faveur de mes
théories?

— Quelle révolution dans Montpellier, mon cher
professeur, interrompit le procureur général Arribat, qui était non seulement un ami, mais un ad-
mirateur du maître, que de bruit dans le Lander-
neau universitaire! J'en suis, croyez-le, aussi heureux pour vous que pour la science.

— Ces paroles, mon cher procureur, me paient
largement de mes récentes petites misères. Et
maintenant, messieurs, je n'ai plus qu'à partir.

— Mais vous déjeunerez bien avec nous? interrompit un des causeurs invisibles.

— Impossible, répondit Roucairol, l'ouverture du
Congrès qui devait avoir lieu ce matin a été remise à demain sur sa demande télégraphique; j'ai
donc tout juste le temps de courir à Roujan chercher ma femme, tandis que mon fidèle Paleyrac
filera par le premier train sur Montpellier avec
l'Homme-singe.

Il prononça d'autres paroles que Rosette n'écouta
pas, ahurie par ce qu'elle venait d'entendre et
qui lui révélait tout le mystère de cette nuit. Ainsi
donc, aux heures mêmes où il aurait dû être tout
à elle, comme elle avait été toute à lui, Arsène
n'avait songé qu'au fameux fossile pour lequel Gédéon était mort. Elle comprenait maintenant ses
préoccupations de la journée et ses déconcertantes
distractions au cours des différentes formalités et
cérémonies nuptiales. Sans doute, elle le savait,
comme Gédéon, plus même que Gédéon, passionné
pour ces choses, mais elle croyait lui avoir inspiré
un amour qui désormais les reléguait au second
plan de son existence. Et elle apprenait de sa
bouche même qu'il avait passé la nuit de leurs
noces à reconstituer un squelette. Peut-être ne
l'avait-il épousée que pour posséder ce débris dont
elle avait refusé obstinément de se défaire en sa
faveur? Elle se sentit froid à l'âme d'avoir été à
ce point trompée et la honte qu'elle éprouvait d'être
là, dans cette salle, redoubla.

Elle eut pourtant le courage de dissimuler ses
sentiments et, quand la porte s'ouvrit pour laisser
sortir Roucairol, ce fut le sourire aux lèvres qu'elle
s'avança vers lui.

— Tiens! vous, Rosette? s'exclama le savant.

— Moi-même, Arsène.

Et, sans même lui ouvrir ses bras, sans la remercier de sa démarche généreuse :

— Quelle bonne idée vous avez eue, ma chère,
fit-il; je n'aurai pas à me rendre à Roujan.

Et regardant sa montre :

— Encore vingt minutes, ajouta-t-il; en nous dé-
pêchant un peu, nous avons le temps de prendre
le train.

V

JUIN finissait et plus que jamais le petit hôtel
vieillot du Jardin des Plantes disparaissait
sous les glycines et les lierres.

Ce jour-là, quand elle s'ouvrit, la grande
salle des Actes était déjà comble, et le Pingard de
l'Académie clapassienne, Rastoul, ne savait où don-

ner de la tête devant l'affluence persistante des invités. Jamais depuis les fêtes célébrées en l'honneur du centenaire de son Université, la ville de Montpellier n'avait vu pareil mouvement dans ce Jardin des Plantes d'ordinaire si paisible et si ignoré.

La veille du grand jour, le « Petit Méridional » avait imprimé en première page un article sensationnel où, sans prendre position dans la bataille, il souhaitait la bienvenue aux hôtes illustres du Clapas.

« Dans l'attente de graves événements scientifiques, concluait-il, notre bonne cité reste plongée dans une agitation recueillie, la seule qui convienne à une vieille ville savante. »

M. le maire Justaman avait déclaré qu'on ne saurait rendre assez d'honneurs aux savants accourus de tous les points du globe pour glorifier l'antique Université méridionale et avait mis à la disposition des organisateurs les moyens de réjouissance dont disposait la ville.

Pour en régler le dispositif — style municipal — une commission fut nommée parmi les édiles, les savants et les amateurs éclairés. Il s'y trouva autant de segaudiens que de roucairolistes. Aussi l'entente ne fut pas facile dans l'élaboration du programme.

Malgré cela, Rastoul n'arrivait pas à contenter tout le monde, il y avait des délégués de toutes les Universités du globe!

Il en était venu d'Espagne, d'Italie, de Suisse, d'Autriche, d'Angleterre, de Russie, de Finlande, d'Amérique et jusque de Tokio. Seule, l'Allemagne s'était abstenue, comme il convient.

Ils avaient tous des noms à coucher dehors et des têtes à coucher dedans, pour me servir des expressions de ce facétieux Cassagnou, qui ne respecte rien, pas même l'Académie dont il est pourtant le secrétaire perpétuel, ni le félibrige qui l'a élu capoulié. Enfin, comme d'autre part ils étaient tous aussi illustres, aussi pourvus de décorations et dépourvus de cheveux les uns que les autres, on s'explique aisément l'embarras de Rastoul pour traiter et placer chacun selon ses mérites.

Il y réussit cependant et, à dix heures précises, le président déclara le Congrès ouvert.

On voit d'ici la mine de Segaudy et de ses partisans quand Roucairol fit — à la dernière minute — son entrée dans la salle, précédé de Paleyrac portant entre ses bras le squelette dans la boîte à violon avec autant de respect que l'archiprêtre Combacal promenant l'ostensoir aux processions! A l'air épanoui, vainqueur et presque insolent des deux hommes, ils eurent conscience de leur irrémédiable défaite.

Je ne m'attarderai pas, aux mille détails de cette mémorable séance, je dirai seulement que Roucairol fut superbe, quand, soulevant le couvercle, il exhiba un « Homo alalus » complet et aussi bien conservé dans son ossature que s'il eût été mis en terre tout récemment par ses contemporains. Et le discours serré, nourri, grouillant de preuves qu'il commença aux acclamations enthousiastes de ses partisans et de bien d'autres déjà convaincus.

Tandis qu'il parlait, coupant l'air de son geste rapide et sec comme si, la cravache à la main, il eût cinglé ses adversaires, l'attention de l'auditoire tendait à se partager entre son éloquence sans pareille et un fauteuil du premier rang à droite où était Mme Roucairol. Les femmes surtout portaient de ce côté-là des regards pleins d'une curiosité impatiente et se montraient plus occupées à détailler ses traits et sa toilette qu'à savourer l'incomparable et foudroyante argumentation de son mari.

Que Rosette ne fût pas intimement flattée d'être ainsi le point de mire d'une attention de plus en plus sympathique, j'aurais tort de le prétendre; pourtant, sous un air de bonheur, il était facile de voir qu'elle cachait des préoccupations très graves. Elle paraissait suivre avec intérêt, bien que beaucoup de choses lui échappassent, la logique triomphante d'Arsène et attendait avec impatience le récit qu'il ferait de sa découverte, comme il l'avait promis en commençant.

Elle brûlait de savoir comment il raconterait la chose, et d'entendre de ses lèvres la louange que la justice l'obligeait à faire de Gédéon, car, enfin, c'était à lui que revenait l'honneur d'avoir trouvé la vertèbre. Une femme ne pardonne jamais à l'homme son indifférence, quels qu'en soient l'origine et le mobile, et Rosette avait la vague intuition qu'elle poursuivait sa vengeance.

Arrivé à cette partie de son discours, Roucairol eut un moment d'hésitation. Assurément, il se livrait un combat au fond de sa conscience. La justice, la vérité l'objurguaient de narrer simplement son aventure, en laissant de côté, bien entendu, les choses trop intimes et de rendre ainsi à César ce qui appartenait à César; mais l'orgueil féroce du savant et aussi le mépris qu'il ressentait pour un pauvre amateur de village lui fermaient la bouche; à ses yeux, Maraval n'avait été que cela, incapable, par conséquent, de comprendre la valeur de sa trouvaille.

Et, à l'heure décisive, cette considération l'emporta. Ce fut une minute pénible pour lui, mais les bravos de l'auditoire le grisant, il raconta sans insister et avec des termes très vagues qu'il avait découvert la vertèbre dans la grotte de Caramaou. Rosette ne perdit rien de son trouble, remarqua le tremblement de sa voix, et, tandis que les applaudissements redoublaient, elle pâlit légèrement et ses lèvres, un instant plissées esquissèrent un énigmatique sourire. Elle avait trouvé sa vengeance.

Inutile de l'ajouter, la déroute de Segaudy fut complète, il reste en tout point prouvé que nous descendons par l' « Homo alalus » des singes africains, que la vertèbre coccygienne de ce dernier était une vraie queue ayant déjà subi un commencement d'atrophie qui devait s'accentuer chez l'homme actuel et ne lui laisser qu'un coccyx minuscule.

Roucairol fut l'unique héros des fêtes qui suivirent, les honneurs, les distinctions tombèrent sur lui plus drues et plus serrées qu'il n'aurait jamais osé l'espérer. Le ministre de l'instruction publique le décora; il fut élu correspondant national de l'Académie des Sciences; l'Université d'Oxford le nomma docteur en droit; celle de Pavie le sacra maître en théologie. Plus rien ne manquait à sa gloire.

Cette première journée se termina par une réception chez le recteur, au sortir de laquelle Roucairol, quelque peu grisé par sa gloire, s'attarda au Cercle de la Lyre avec deux des plus illustres savants étrangers, l'honorable van Goyen, de Copenhague, et Zaccharias Coëff, de Genève. L'un et l'autre tenaient à savoir l'opinion du célèbre professeur sur une mâchoire de l'époque tertiaire récemment découverte, ainsi que sur d'autres sujets d'une aussi palpitante actualité.

Rien n'altère comme de parler préhistoire; aussi le Danois et le Suisse, tous deux forts buveurs de bière, faisaient souvent renouveler les bocks qui étaient devant eux. Soit qu'il craignît de froisser ses illustres collègues par le spectacle de son habituelle sobriété, soit qu'il fût poussé par le besoin d'humecter ses cordes vocales, Roucairol leur tint bravement tête.

A mesure que s'entassaient les soucoupes sur la table autour de laquelle péroraient les trois hommes la conversation quittait les mondes disparus, les périodes antédiluviennes, pour se rapprocher de la présente humanité; les mots barbares désignant des choses plus barbares encore faisaient place sur leurs lèvres à des vocables plus doux et représentatifs d'objets plus agréables, si bien qu'au moment où l'honorable van Goyen, après la dixième tournée, commandait trois kummels suivis de trois bénédictines, Zaccharias Coëff, l'œil pétillant sous ses sourcils de neige, demandait à Roucairol le nom d'une certaine dame dont la beauté l'avait frappée à la séance d'ouverture.

Au signalement que, d'une voix émue, le Genevois lui en donna, il reconnut la sienne, et, dans l'état d'esprit où il se trouvait, cela lui fit l'effet d'une agréable révélation.

Minuit sonnait, et dans le Cercle à peu près désert, nos trois savants étaient maintenant bien loin de leurs fossiles.

Aussi quand Roucairol prit congé de ses collègues, ce fut d'un pas guilleret, les yeux tout pleins de Rosette, qu'il gagna la rue des Arceaux.

« Elle doit m'attendre, » se disait-il.

Et comme il traversait la place de la Comédie, il vit l'horloge du théâtre marquer une heure.

— Je mettrai ce retard sur le compte de mes collègues.

En arrivant devant la maison, il aperçut de la lumière à la fenêtre de leur chambre. Il monta à la hâte et tourna le loquet d'une main tremblante.

« Tiens! elle s'est enfermée, murmura-t-il; elle a eu peur sans doute; elle est, ma foi, bien excusable. »

Et doucement, oh! très doucement, il frappa et tendit l'oreille.

Rosette ne proféra mot, ni ne bougea.

« Elle dort profondément; quoi d'étonnant à cette heure! »

Et d'une voix câline il l'appela; seule la respiration régulière et calme de la dormeuse lui répondit.

Alors se souvenant qu'il avait une clef dans sa poche, il essaya d'ouvrir.

Impossible; elle avait tiré la targette.

« Diable! », grogna le savant, et l'impatience le gagnant, il fut sur le point d'enfoncer la porte. La peur du scandale le retint, et, après maints appels désespérés, il se dirigea vers son cabinet de travail, résigné à y passer la nuit parmi ses bouquins et ses fossiles.

A chaque pièce qu'il dut traverser pour s'y rendre, un étonnement le cloua sur place. Partout dans le salon, la salle à manger, le vestibule, régnaient l'ordre le plus exquis, la plus méticuleuse propreté et presque de l'élégance. On eût dit qu'une fée bienfaisante avait, dans un clin d'œil, métamorphosé en confortable bonbonnière son pauvre logis de célibataire.

Plus de brochures poudreuses entassées dans les coins, plus de livres ouverts traînant sur les fauteuils, plus de fossiles encombrant les meubles, plus de papiers jonchant çà et là les tapis déchirés. Chaque objet avait repris sa place qui lui convenait. Les livres s'alignaient coquets et propres dans la bibliothèque. Silex, haches préhistoriques, cornes de mammouth sculptées et dents de renne étincelaient dans les vitrines fraîchement lavées.

Rien n'avait été changé dans l'antique et sommaire ameublement du savant; pourtant les pièces paraissaient moins vides, et l'usure même des choses disparaissait sous leur nouvelle et plus intelligente disposition. Plus un grain de poussière nulle part, et dans les vases de bronze, où s'empilaient la veille des cailloux et de bizarres détritus, s'épanouissaient maintenant des verveines, des résédas, des roses, dont les parfums flottaient dans l'air comme l'haleine douce d'une femme. Et c'était bien l' « odor di femina » aussi nécessaire à certains que l'oxygène.

Bien qu'il ne fut pas de ceux-là, Roucairol tressaillit, et ses minces narines d'ascète palpitèrent, humant, pour la première fois, avec délices, une senteur qui n'était pas la senteur de ses livres.

Alors, les conversations égrillardes de ses confrères lui revinrent à la mémoire; grâce aux vapeurs capiteuses du kummel surgirent, sous ses yeux clignotants, d'affriolantes images qui n'avaient rien de préhistorique.

Rosette! Rosette!

Il restait là, debout, comme en extase, marmottant ce nom avec une mélancolique insistance, de plus en plus attendri par la métamorphose de son logis.

Enfin il ouvrit la porte de son cabinet, où une surprise plus grande l'attendait. C'était là que hier encore régnait le plus incroyable désordre, et il avait sous les yeux un vrai bijou de cabinet. A côté, et communiquant par une porte à vitres, s'allongeait une pièce obscure où il avait coutume d'entasser vieux livres et brochures, pêle-mêle avec des cailloux ou des empreintes d'une importance secondaire, véritable capharnaüm où les souris disputaient aux rats des maxillaires effrités et des tibias poussiéreux. Ce voisinage ajoutait encore à la tristesse et au désordre du cabinet de travail. Tout cela avait disparu, et à la place de ces encombrantes vieilleries, il aperçut l'ameublement d'une chambre. Rien n'y manquait. Sous des rideaux de cretonne, le lit se dressait, un mince lit de célibataire, celui sur lequel il couchait, quand il préparait sa licence, et qu'il avait depuis longtemps relégué au grenier avec une toilette, une armoire et d'autres meubles inutiles. Certes cela n'était pas luxueux, mais offrait un certain confortable et ne manquait pas de cette coquetterie, de ce je ne sais quoi d'intime que, seule, la main d'une femme sait donner aux choses du « home ».

Après le refus d'ouvrir la porte de sa chambre, il n'y avait plus moyen de se méprendre sur les intentions de Rosette.

Elle ne pouvait plus carrément les affirmer. Dans l'état d'esprit où était Roucairol, cette signification brutale de la façon dont elle entendait désormais vivre avec lui le navra. Pour la première fois peut-être, il eut vaguement conscience de ses torts envers elle. Mais peu à peu, en respirant l'atmosphère de cette pièce où, pendant vingt ans, il avait savouré, loin de tout et de tous, les plus pures, les plus vives joies de l'intelligence et du travail; il sentit une détente se produire: plus à la vue de ses livres, de ses fossiles et de ses instruments, se réveilla, plus que jamais féroce, son égoïsme de savant.

Sur son bureau des feuillets blancs et noirs s'étalaient : une étude depuis longtemps commencée, interrompue par la recherche de la vertèbre, sur le « Pyornis maxima », oiseau gigantesque aujourd'hui disparu, et dont on croyait avoir trouvé plusieurs œufs en Nouvelle-Zélande.

Il ramassa le dernier écrit, et le parcourut du regard; alors, mû par cette attirance irrésistible qu'avaient toujours exercée sur lui les choses de la paléontologie, il s'assit et prit sa plume.

Quelques instants après, avec les dernières vapeurs du kummel, se dissipait comme un nuage ce qui lui restait de chagrin; Rosette n'existait plus pour lui, et tout ce qu'il avait d'affection disponible en son cœur de quadragénaire appartenait à l'oiseau néo-zélandais.

VI

NE fois transformée la maison du savant et accompli son coup d'État conjugal, Rosette s'était couchée, désireuse de se ressaisir après le désarroi des journées précédentes et d'envisager, dans le calme et la solitude, sa nouvelle situation et la conduite à tenir désormais envers son inqualifiable mari. A l'heure même où en compagnie de l'honorable van Goyen et de Zaccharias Coëll, il humait le piot au Cercle de la Lyre en disserlant amour et préhistoire, sous la courtine du vaste lit d'où elle commençait par l'expulser elle dressait ses batteries.

Il ne lui restait plus d'illusion sur Arsène. Après s'être flattée d'avoir fait sa conquête et détrôné la paléontologie dans son cœur, elle devait reconnaître qu'elle n'arrivait qu'après les fossiles.

Cette constatation faite, elle n'eut pas un instant de découragement. Ce qu'elle ressentait à son égard était loin de la haine; elle s'était donnée à lui librement, dans la plénitude de sa raison et toute sa maturité de femme. Dans son mariage avec Gédéon, accompli — on peut le dire — sous la pression et par la volonté de sa famille, son rôle avait été celui de l'obéissance passive, tandis qu'un sentiment indéfinissable éprouvé seulement pour son cousin Ferdinand, et qui devait être de l'amour, l'avait poussé vers Roucairol. Aussi, malgré ses premières et cruelles déceptions, ne regrettait-elle pas sa décision.

Bien qu'il eût dépassé la quarantaine, et qu'elle-même ne comptât pas trente printemps, elle venait d'acquérir la conviction qu'il était comme un grand enfant tout entier à ses amusettes, et ignorant des choses les plus élémentaires de la vie.

L'instinct de la maternité à tel point domine la femme que, quelle que soit sa destinée, une heure arrive où elle éprouve l'irrésistible besoin de l'exercer sur un être quelconque et de mettre sa faiblesse au service d'une autre faiblesse. Elle serait donc la mère de cet hypnotisé, de ce rêveur fantasque, irritable et faible comme tous les rêveurs, et dont la Providence avait remis le sort en ses mains. Comme une fée bienfaisante, elle pouvait envelopper sa vie d'une tendresse discrète et vigilante, la soustraire aux mille tracas de la matière, et lui permettre ainsi de poursuivre son rêve, d'aller vers sa chimère, de s'absorber dans son idéal sans être un instant troublé.

Mais Rosette aimait, Rosette voulait être aimée, et si elle consentait à remplir ce rôle de protection, de dévouement, c'est qu'elle y voyait le seul moyen d'atteindre le cœur de Roucairol. Ce cœur, elle en possédait mille preuves, n'avait pas encore battu aux choses de l'amour et de la femme. Et elle la désirait d'autant plus ardemment, cette virginité, qu'elle la savait rare, ne l'ayant pas eue elle-même quand elle s'était donnée à Gédéon.

Elle avait conscience de sa beauté et de tous les moyens dont elle disposait pour réussir, et les obstacles qu'elle s'attendait à rencontrer ne feraient qu'aiguillonner son zèle.

Au cours de ses douloureuses réflexions, depuis l'instant où elle avait surpris le secret de Roucairol dans la salle d'attente de Béziers, elle avait, inconsciemment peut-être, cherché les moyens d'obtenir promptement ce résultat, et on a vu comment, à la séance du Congrès, elle avait cru l'avoir découvert.

L'hésitation et la gêne de Roucairol au moment où il commença le faux récit de sa trouvaille à Caramaou, la pâleur qui couvrit son visage, la crispation rapide de ses lèvres et la fugitive colère de ses yeux lui furent des indices qu'à cette heure le spectre de Gédéon assaillait son cerveau. Elle avait vu entre ses deux sourcils se creuser un pli trahissant une jalousie naissante, jalousie de savant, c'est vrai, mais qu'elle espéra soudain pouvoir transformer en l'autre. Elle avait aussi remarqué l'animosité, pour ne pas dire la haine, que Roucairol professait à l'égard de ses collègues Segaudy et Cassagnou, et avant même d'en connaître le motif et les origines, elle avait compris le parti qu'elle pourrait en tirer pour la réussite de ses projets, et avait sur-le-champ décidé d'entrer en coquetterie réglée avec les deux académiciens. Ainsi, d'une part, elle jetterait dans sa vie le souvenir opportun de Gédéon, d'autre part elle flirterait sous ses yeux avec ses ennemis acharnés, et, combinant ainsi tous les venins de la jalousie, peut-être ferait-elle enfin battre le cœur rouillé de son mari.

Et elle s'endormit contente, à la pensée que, dès demain, au cours de la soirée donnée par le préfet aux membres du Congrès, elle pourrait entrer en lutte.

Elle fut superbe, cette soirée, pleine d'entrain. On remarqua même qu'entre les partisans de Segaudy et ceux de Roucairol l'accord s'effectuait, et que les derniers nuages dont on avait encore constaté l'existence chez le recteur, achevaient de se dissiper. Enfin, ce qui par-dessus tout fit espérer que l'entente serait désormais complète, ce fut l'empressement de Segaudy lui-même auprès de Mme Roucairol.

Ce détail d'une importance capitale n'échappa, il va sans dire, à personne, et aussi les gracieux sourires, la complaisance évidente avec lesquels Mme Roucairol accueillait les hommages de Segaudy. Le préfet en fit part d'un geste rapide à sa femme, heureux de ce que ses salons fussent le terrain où se réconciliaient deux savants illustres, tandis que le recteur, homme très fin et plus au courant des mœurs universitaires, échangeait un regard sceptique avec la sienne.

Les fenêtres étaient ouvertes à cause de la grande chaleur, et accoudé au balcon, les yeux perdus sur l'arc triomphal du Peyrou qui domine la rue Nationale, la face épanouie, légèrement rosée par une digestion facile, l'oreille amusée par l'orchestre, et tout en fumant — chose extraordinaire — un régalia préfectoral, Roucairol rêvait.

Il rêvait qu'il était l'homme le plus heureux de la terre. Avoir découvert la vertèbre de l'Homme-singe et, par la même occasion, mis la main sur Rosette, c'était plus de bonheur que n'en peut rêver créature humaine. Oh! avait-il tremblé pour sa tranquillité, pour ses fossiles, et avait-il longtemps hésité avant de contracter ce mariage! Et dire que toutes ses craintes étaient vaines, que Rosette était une perle, une épouse exceptionnelle créée pour lui exclusivement, pas du tout encombrante, nullement gênante, passant sa vie comme une fée à mettre de l'ordre dans son désordre habituel. Visible seulement aux heures des repas, mais toujours présente quand même par son action bienfaisante dans la maison. Quelle différence avec Sophie — cette vieille femme de ménage dont il se contenta jusqu'alors — sale, cancanière, toujours bougonnant ou grondant, et qui jetait parfois des empreintes précieuses ou des fossiles dans la boîte aux ordures. Rosette, au contraire, connaissait l'importance de tout, professait pour les choses de la paléontologie un respect inattendu chez une personne de son sexe, et ne permettait ni à leur nouvelle bonne ni à la vieille Sophie d'y toucher, s'étant réservé l'entretien du cabinet de travail...

A ce moment, un garçon en habit noir, cravaté blanche sur un plastron étincelant, s'approcha de lui pour lui présenter des liqueurs. Il le salua profondément, le prenant pour un haut fonctionnaire, et poursuivit sa rêverie.

Donc, tous les avantages du mariage étaient pour lui sans aucun des inconvénients qui d'ordinaire l'accompagnent. Quelques bonnes paroles échangées à table le matin et le soir, et c'était tout; elle disparaissait comme une fée dont la bienfaisance doit être invisible. Avec une telle aide, et n'ayant plus à s'occuper des matérialités de la vie qui autrefois lui prenaient beaucoup de temps, que de travaux n'accomplirait-il pas, que de découvertes nouvelles! Celle de l' « Homo alalus » le classait désormais parmi les plus illustres des paléontologues européens, et maintenant il ne rêvait rien moins que d'en être le plus illustre.

Une fois sur cette pente, ses études de la nuit précédente lui vinrent à l'esprit, et tandis que l'orchestre attaquait une valse, que la soirée battait son plein, que sous les lustres les crânes chauves de ces messieurs rivalisaient d'éclat avec les diamants de ces dames, pour la dixième fois peut-être,

il se posa cette question dont il était depuis la veille obsédé : le « Pyornis maxima » était-il, dans la lointaine période géologique où il vivait, un coureur comme l'autruche actuelle ou un oiseau de grande envergure et de haut vol comme l'aigle et le vautour?

— Tiens, vous voilà, cher collègue, fit une voix à l'accent étranger; je vous cherche depuis un instant sans réussir à vous trouver.

Roucairol leva la tête et reconnut van Goyen, de Copenhague.

— Très heureux que vous m'ayez rencontré, répondit-il en le saluant.

— Et moi aussi, fit le Danois; et, l'œil pétillant sous ses besicles, il lui montra du doigt une dame qui valsait avec Segaudy : Pourriez-vous me dire son nom?

Roucairol regarda dans la direction indiquée et dit avec indifférence : « C'est ma femme! »

— Compliments, cher, compliments, marmotta van Goyen, et, consolidant d'un geste sec ses lunettes d'or sur son nez de buveur de bière, il disparut dans la foule.

De nouveau seul sur le balcon, Roucairol revint à son volatile :

« Si l'on en juge d'après ce qui nous reste de son ossature, découverte par mes collègues américains... »

Il ne put aller plus loin, soudainement troublé par la pensée de sa femme dans son argumentation. Il était si peu habitué à éprouver des distractions au cours de ses rêveries scientifiques qu'il s'en inquiéta et fit mille efforts pour les chasser.

Impossible; une force irrésistible le poussait à chercher du regard sa femme perdue dans le flot des danseurs, et chaque fois qu'il la rencontrait au bras de Segaudy, le « Pyornis », qu'il fût ou non de grande envergure, s'envolait prestement de son cerveau. Alors il fit quelques pas vers le salon et, comme la valse finissait, il vit Rosette reconduite par Segaudy dont l'élégance l'étonna.

« Suis-je mesquin? » murmura-t-il; et reportant son regard vers la rue Nationale, dont la double rangée de réverbères vacillait et s'en allait mourir dans les lointains sombres du Peyrou, il fit une nouvelle tentative pour saisir au vol son oiseau !

« Si l'on considère surtout ce qui nous est parvenu de son os sternal et de ses clavicules, — ces soutiens des muscles de la locomotion aérienne, — il nous est permis d'énoncer que le « Pyornis maxima... »

— Ah ça! voyons, confrère, vous êtes donc invisible?

Et ce disant, l'honorable Zaccharias Coëff, de Genève, dont le torse musculeux faisait craquer aux entournures son habit étriqué, le secouait de son bras robuste.

— Mais pas du tout, cher monsieur, pas du tout, s'écriait Roucairol endolori et désorienté.

— Alors, interrompit le Genevois, dites-moi donc quelle est cette charmante dame plus jolie qu'une fleur du lac, plus légère qu'une libellule et qui si prestement vient d'attaquer une mazurka avec Monsieur Cassagnou?

Roucairol se tourna, leva les yeux et ne put dissimuler une grimace :

— Mon Dieu! mais, balbutia-t-il, c'est encore ma femme, si je ne m'abuse...

— Félicitations, confrère, sincères félicitations .
Et, sa calvitie plus que jamais rutilante sous les
lustres, Zaccharias Coëff s'éloigna avec un petit air
cavalier comme avait fait tout à l'heure l'honorable
van Goyen.

Désormais, ce fut en vain que l'illustre savant
montpelliérain essaya de rappeler ses idées en déroute; malgré toute la contention d'esprit dont il
était d'ordinaire capable, il ne put rattraper son
« Pyornis » néo-zélandais.

« Comment! la mazurka après la valse, Cassagnou
après Segaudy, bougonnait-il en tapant d'un doigt
nerveux le rebord du balcon; évidemment elle ne
sait rien de ce que furent toujours mes relations
avec ces deux hommes; je l'en préviendrai, pas plus

— Ce qu'elle va faire jaser et potiner notre bonne
ville! intervint Mme Ardison, la jeune et sémillante
épouse de l'inspecteur d'académie.

Roucairol n'en entendit pas davantage, car, au
signal de l'orchestre, plusieurs danseurs étaient venus chercher ces dames.

On attaquait le quadrille des Lanciers et le savant, ayant encore une fois fouillé la foule, aperçut
sa femme se disposant, un gai sourire aux lèvres,
à faire vis-à-vis à Segaudy. Il assista, mélancolique,
aux diverses figures, puis, les jambes lasses, les
tempes bourdonnantes, il éprouva le besoin de
changer de place et se dirigea vers la salle où
étaient réunis à cette heure le préfet, le recteur et
maintes autres notabilités de la ville. Ils se levèrent

— *Pourriez-vous me dire son nom?* (p. 34.)

tard que tout à l'heure en rentrant chez nous... Les
gens finiraient par en rire ».

Et, pour chasser ces idées qui l'attristaient, il voulut se mêler à la fête.

A peine avait-il fait deux pas qu'il tombait sur un
groupe de femmes babillant dans un frais réduits, à
l'ombre de superbes palmiers. Elles ne le virent
pas et continuèrent de causer.

— Non, certes, disait l'une, elle n'est pas mal,
pas mal du tout, Mme Roucairol; mais pourquoi
donc s'obstine-t-elle à ne danser qu'avec les ennemis de son mari?

C'était la belle Mme Pezet, la femme du professeur d'organographie végétale, un de ses plus
chauds partisans, qui parlait.

Aussitôt Mme Ahelous, épouse acariâtre et maigre
du doyen de la Faculté des lettres, un adversaire,
de répondre, avec un haussement d'épaules qui fit
s'entre-choquer ses omoplates aiguës :

— Que voulez-vous, ma chère, elle arrive de son
village.

dès qu'ils aperçurent le savant et, comme le quadrille finissait, nombre de mains se tendirent vers
lui, notamment celles de Segaudy et de Cassagnou.

Roucairol les serra toutes, excepté celles-ci, qu'il
feignit de n'avoir pas vues; mais le préfet avait bon
œil et fit à sa femme une significative grimace,
tandis que le recteur se pencha pour dire à la
sienne :

— Eh bien, n'étais-je pas dans le vrai?...

Quelques instants après, les invités commencè-
rent à prendre congé, et dans la voiture qui les ra-
menait rue des Arceaux, M. et Mme Roucairol occupaient leur coin sans mot dire. Enfin, après une
angoissante lutte intérieure contre sa timidité, il
démasqua d'un trait ses deux adversaires.

— Mon Dieu! mon ami, répondit doucement Rosette, quand il eut fini, ces messieurs sont aussi
charmants l'un que l'autre, et pendant la soirée ils
m'ont fait de vous le plus vif éloge.

Ils étaient arrivés, et sur une poignée de main
fraternelle, comme chaque soir, elle le quitta...

Bien qu'il eût ratifié de plein gré et presque avec joie la décision de sa femme en ce qui concernait leurs futures relations conjugales, de la voir à ce moment-là, svelte et mignonne, gagner sa chambre dans le frou-frou soyeux de son élégante toilette et laisser derrière elle un sillage embaumé, notre savant éprouva une émotion semblable à celle qui l'avait saisi l'autre nuit à la sortie du Cercle.

Ce ne fut pas sans une vague tristesse qu'il s'achemina vers son cabinet de travail, gardant, l'habitude de ne jamais se mettre au lit avant d'avoir fureté, ne fût-ce que quelques minutes, dans ses livres, ses fossiles et ses manuscrits.

Comme toujours, la magie des uns et des autres opéra.

— Bah! bah! bougonna-t-il, enfantillage et bagatelles que cela, et quelquefois pis encore. « J'ai trouvé la femme plus amère que la mort. « Inveni amariorem morte mulierem ». Ainsi parle l'Ecclésiaste, si mes souvenirs sont exacts.

Quelques instants après, tandis que Rosette s'endormait contente du résultat de sa soirée, la plume à la main, il recommençait victorieusement, cette fois, sa chasse au « Pyornis maxima ».

Il venait de réfuter l'opinion de l'illustre Austin Brint, de New-York, sur les fonctions de l'os sternal de cet antique volatile, quand la fatigue lui fit relever la tête, et il aperçut bien en face, sur la frise de son armoire à fossiles, le portrait de Gédéon Maraval. Majestueux et grave, il le saluait du haut de son vieux cadre d'or, comme le premier jour, dans le fameux cabinet de Valeuzières.

La surprise qu'il en éprouva ne fut pas agréable; il laissa même tomber sa plume qui fit sur sa copie un déplorable pâté. Diable! il l'avait si complètement oublié, cet amateur de village; et voilà que ce malencontreux portrait, mis là assurément par Rosette réveillait au fond de lui-même des remords qu'il croyait pour toujours enfuis.

Non seulement il n'avait pas prononcé son nom à la séance d'ouverture, mais il ne le citait pas même une fois dans le mémoire qu'il se disposait à présenter à l'Académie des sciences. Et maintenant que la griserie du triomphe commençait à se dissiper, seul à seul avec lui-même dans le silence de son cabinet, la conscience lui revenait de son injustice et de son mensonge.

La croix de la Légion d'honneur, les diplômes et les distinctions dont le gratifièrent les Académies étrangères, les louanges dont la presse le combla, il avait, avec un cynisme qui l'effrayait, gardé tout cela pour lui seul, sans en réserver la moindre part à la mémoire de celui qui pourtant perdit la vie en découvrant dans Caramaou l'indispensable vertèbre.

Il n'osait lever les yeux dans la peur de rencontrer le regard si doux, si bonasse de Gédéon, qui lui avait souhaité la bienvenue quand il reprit connaissance parmi ses incomparables fossiles.

Mais bientôt son orgueil de savant se regimba contre cette épreuve cruelle et, sur-le-champ, du plus humble remords il passa à la plus hautaine révolte.

Après tout, lui, Arsène Roucairol, un des princes de la science, était bien bon de se mettre à nouveau martel en tête pour une pareille bêtise. Qu'était encore une fois ce Maraval. Un amateur, un vulgaire amateur, peut-être même un maniaque qui,

s'ennuyant dans son village, collectionnait des fossiles, comme il eût collectionné des timbres-postes, sans avoir sur la paléontologie la moindre notion sérieuse. Avant de se décider à ne point tenir compte de lui, ne s'était-il pas livré à une enquête minutieuse, et n'avait-il pas fouillé tous ses papiers voire sa correspondance, religieusement conservée par sa veuve, sans y trouver trace d'un travail, d'une étude quelconque qui eût accusé sa compétence? D'ailleurs, aurait-il ignoré jusque-là son existence, si Maraval eût été un paléontologue, dans le vrai sens de ce mot? Et s'il eût écrit, de son vivant, ne fût-ce qu'une ligne dans une Revue ou un recueil spécial, n'aurait-il pas gardé la mémoire de son nom? Rien, en effet, ne lui avait échappé de ce qui s'était écrit sur la science depuis vingt ans tant en France qu'à l'étranger.

Donc, encore une fois, l'ignorance de Gédéon était évidente; il avait trouvé la vertèbre par hasard et ne s'était jamais douté de sa double valeur ontogénique et phylogénique. Quant à l'accident dont il fut victime ce jour-là et qui lui avait coûté la vie, il lui serait tout aussi bien arrivé à la recherche d'un autre fossile. En ce cas, n'était-il pas, lui, Roucairol, le véritable inventeur de la vertèbre? Et devait-il éprouver des scrupules à l'affirmer hautement, ainsi qu'il l'avait fait et recommençait à le faire?

Malgré ce beau raisonnement, en apparence irréfutable, pourquoi donc se sentait-il encore gêné par le regard paterne et bon de l'infortuné Maraval? Et pourquoi, mû par une force irrésistible, se dressat-il, décidé à l'enlever?

Mais il se rassit aussitôt, honteux de ce mouvement.

— Superstition que cela, murmura-t-il; qu'ai-je à faire de ce portrait?

Et, là-dessus, il gagna son lit.

Son sommeil fut très agité, et, pour la première fois, peut-être, au lieu de rêver fossiles, il fit un rêve amoureux. Rosette était devant lui, radieuse en sa beauté qui lui valut à la préfecture d'unanimes hommages, dont malgré sa distraction, il avait été troublé. Il voulait l'embrasser, user de ses droits d'époux, mais aussitôt Gédéon Maraval surgissait et le paralysait de son regard bienveillant et morne.

— Malheureux, clamait-il tristement, il ne te restait plus qu'à me prendre ma femme!

VII

DEUX mois passèrent, durant lesquels Roucairol fut entièrement possédé par la question du « Pyornis » néo-zélandais. Un premier mémoire lancé par lui dans les « Annales paléontologiques de France » mit en émoi le monde savant.

Il concluait que cet oiseau était tout simplement un struthionide analogue à l'autruche actuelle, et se montrait, au cours de son argumentation, particulièrement sévère pour les savants du Nouveau-Monde qui lui donnaient la haute envergure, la puissance du vol de l'aigle et du condor.

L'honorable Austin Brint, de New-York, riposta dans la « Gazette des fossiles », et si éloquemment défendit l'honneur de la science américaine, que Roucairol dut revenir à la charge.

Inutile encore une fois d'ajouter que, pendant cette longue et passionnante polémique, il oublia sa femme, le portrait de feu Gédéon et ses remords à son endroit.

De son côté, Rosette ne se départit pas un seul instant de la ligue de conduite adoptée, dirigeant avec une entente merveilleuse la maison de son mari, lui enlevant tous les tracas, tous les ennuis de l'existence, flattant toutes ses petites manies qu'elle connaissait maintenant, jouant enfin son rôle de bienfaisante et presque invisible fée.

Cette période eût été pour le savant la plus heureuse de sa vie, si, malgré ses conseils, Rosette n'eût persisté dans sa bienveillance à l'égard de ses deux ennemis. Elle feignait, en effet, pour Segaudy et Cassagnou, une admiration sans égale.

Elle ne manquait jamais, aux heures où ils étaient ensemble, de vanter le profond savoir de l'un et la verve de l'autre. Ne s'était-elle pas mis en tête de suivre à la Faculté des lettres le cours libre de Segaudy? Et, sans même le consulter, ne s'était-elle pas fait recevoir félibresse sous le parrainage de Cassagnou? Elle assistait régulièrement aux séances de « Sartan » et lui récitait, aux repas, les poésies du « Capoulié » à qui elle reconnaissait du talent; et, un jour, en revenant de l'Institut, il avait trouvé bien en vue sur une table du salon une ode écrite de la propre main de Cassagnou sur du papier rose à faveurs bleues et dédiée « à la tan poutido Rosetto, la félibresso dou Clapas ».

Que malgré ses hautes préoccupations il ne fût pas marri de ces préférences inexplicables, ce serait téméraire de l'affirmer, mais tout cela ne lui arrivait qu'en perceptions confuses, vagues, aussitôt effacées par les recherches ardues auxquelles l'obligeaient la question du « Pyornis maxima » et la réponse à Austin Brint, de New-York.

Il y avait pourtant des minutes où, en pleine fougue de travail, au milieu de ses livres et de ses fossiles, le nom de ses deux ennemis bruissait désagréablement à ses oreilles, et d'autres où il n'osait lever les yeux de son pupitre de peur de rencontrer le regard dolent de Gédéon qui souriait tristement dans son vieux cadre. Une chose contribua pour beaucoup à cette diversion de son esprit : ce fut la reprise des hostilités d'abord sourde, latente, puis manifeste et effrontée des partisans de Segaudy. S'ils s'étaient soumis en apparence à l'argumentation triomphante de leur collègue, désormais illustre, et, s'ils avaient eu l'air de s'associer pleinement à sa gloire devant les savants étrangers, le chauvinisme seul les avait poussés, mais au fond la plupart n'en gardaient pas moins une indéracinable dévotion aux idées spiritualistes, apanage de leur vieille école.

Sans doute, devant les ovations et l'enthousiasme soulevés par la découverte de Roucairol, il ne s'était trouvé personne pour s'associer publiquement à la protestation véhémente que Mgr Anastase crut devoir lancer du haut de sa chaire contre les doctrines du Congrès, mais il n'y avait eu personne non plus pour l'en blâmer.

Ce fut d'ailleurs le bouillant prélat qui, le premier, après un silence de trois mois, reprit les armes et donna le signal de la lutte, sous la forme d'un de ceux qui croyaient aux origines simiennes, morceau de littérature foudroyante dont sa plume était coutumière.

Il avait refusé de siéger désormais à l'Institut dont il était membre, mais il continuait d'assister aux séances du Conseil académique, où il faisait chaque fois une sortie virulente contre ceux qu'il appelait dédaigneusement des « pseudo-savants », et le président se montrait à son égard d'une indulgence singulière.

A ce moment, coïncidence pour le moins étrange, Segaudy, dans son cours libre de la Faculté des lettres, recommençait ses perfides insinuations à l'adresse de Roucairol; aussi, dans les brasseries de la ville, les conversations de nouveau tournaient à l'aigre entre les étudiants élèves de l'un et de l'autre.

Une certaine inquiétude régnait à la Préfecture et à la Mairie où l'on craignait des désordres semblables aux premiers. Enfin une séance extraordinaire, tenue par le Conseil académique acheva d'éclairer tout le monde sur les vraies intentions des anti-darwiniens.

Depuis longtemps, Roucairol travaillait à faire élever au centre du Jardin des Plantes une statue à Lamarck, l'illustre Français précurseur du grand Anglais et le véritable initiateur des théories évolutionnistes. La majorité des professeurs s'était toujours montrée hostile à ce projet; cependant, au lendemain du Congrès dont l'immense retentissement devait jeter une gloire nouvelle sur l'antique école, Roucairol avait fait une suprême tentative et obtenu l'assentiment de chaque membre du Conseil sauf, bien entendu, celui de l'évêque.

Aussi, sa stupéfaction fut profonde et sa colère indicible quand, au moment du vote, il ne se trouva dans l'urne que trois voix, la sienne, celle de son collègue Pezet, le professeur d'organographie végétale, à la Faculté des sciences, et celle du professeur Bérenger, le célèbre doyen de la Faculté de médecine.

Aussitôt, l'accord étant fait d'avance, Napoléon Astruc, le professeur de botanique, âme damnée de Segaudy, se leva pour proposer que le buste, dont l'érection restait décidée, fût celui de l'illustre naturaliste Magnol, un Clapassier pur sang, celui-là.

Cela fut adopté à une écrasante majorité.

Dans la séance qui suivit, on arrêta la date de la cérémonie, on en discuta les dispositifs, notamment les discours à prononcer, et l'on désigna même les orateurs. Roucairol avait déjà quitté la salle, en manière de protestation, quand à l'unanimité moins deux voix, toujours les mêmes, Cassagnou fut désigné pour prendre la parole au nom de l'Université, tandis que Segaudy parlerait au nom de l'Académie.

Ce soir-là, quand on apprit la chose, il y eut du bruit dans le monde des étudiants. Dans les divers cafés qui bordent la place de la Comédie, dans les nombreuses brasseries du quartier Puech-Pinson, Segaudiens et Roucairolistes recommencèrent à se jeter des bocks et des sottises à la tête. Depuis minuit jusqu'à l'aube, les bons bourgeois de Montpellier furent tenus en éveil par des patrouilles bruyantes d'escholiers hurlant selon leur secte, et sur l'air des « Lampions », les uns : « Vive Lamarck! Conspuez Magnol! » les autres : « Vive Magnol! Conspuez Lamarck! »

Enfin, pendant plus d'une semaine, les passants purent voir, magistralement dessiné sur la porte de la « Mère Sophie », l'endroit le plus gai de la ville, une caricature de Segaudy avec des oreilles d'âne, tandis que vis-à-vis, sur la devanture de « Mme Esther », la maison rivale, Roucairol se prélassait avec une queue de singe.

Chaque soir, après une courte visite au Cercle de la Lyre, où, au lieu des visages souriants et admiratifs du lendemain de son triomphe, il n'avait rencontré que des figures glaciales ou indifférentes, notre savant entrait chez lui en proie à un sentiment qu'il n'avait jamais éprouvé.

Il aurait voulu voir Rosette pour lui faire part de la tristesse en laquelle le plongeait l'injustice de ses collègues, lui conter ses misères, leurs vexations, lui demander un conseil, une ligne de conduite, mais il songeait que Rosette était l'admiratrice et l'amie des deux hommes qui machinaient contre lui ce complot; et sa détresse s'en aggravait.

VIII

AINSI, madame, vous persistez à vouloir, malgré mes conseils, assister à cette fête, où votre mari sera bafoué!

C'était quinze jours après, dans la salle à manger du savant, au moment du dessert, que Roucairol, une sourde colère dans la voix, adressait cette question à sa femme.

— Mais vous ne comprenez donc pas, mon ami, que votre présence est indispensable? répondit Rosette avec cette douce impassibilité dont elle ne se départait jamais et qui commençait à irriter Roucairol, au cours de leurs discussions de plus en plus fréquentes.

— Pour ma part, répliqua-t-il, il n'y a pas de convenance qui tienne, je n'irai pas.

Et mettant une tendre sourdine à sa voix :

— Voyons, Rosette, soyez raisonnable, est-il décent que j'assiste, je devrais dire que nous assistions, à une manifestation aussi évidemment préparée contre moi?

— Cela n'est pas prouvé, et il me semble que depuis quelque temps, je ne sais pourquoi, par exemple, vous vous montrez bien injuste à l'égard des gens qui, j'en ai la conviction, se sont associés de tout cœur à votre triomphe et professent à votre égard la plus grande considération.

Le calme avec lequel Rosette prononça ces mots, l'allusion qu'elle y fit à Segaudy et à Cassagnou, achevèrent de l'exaspérer.

Le germe de jalousie si habilement déposé en lui par sa femme commençait à lever, à influer sur son caractère et à changer ses dispositions intérieures; aussi fit-il ce qu'il n'aurait jamais fait avant : il devint agressif.

— Que vous êtes peu clairvoyante, ma chère! lança-t-il en haussant les épaules.

Et, comme Rosette ne lui répondait que par un sourire de condescendance derrière lequel se sentait une volonté bien arrêtée de ne pas se laisser convaincre :

— Je sais bien que je perds mon temps, poursuivit-il la lèvre pincée, et que vous n'en continuerez pas moins à considérer Segaudy comme le seul Dieu et Cassagnou comme son prophète.

En écoutant cela, Rosette accentua son sourire.

Roucairol rageait maintenant, et lui, d'ordinaire si correct dans sa tenue, si modéré, si froid même dans son langage, s'emballait visiblement.

— Oui, ricana-t-il, si j'en crois la rumeur publique, les cancans vont toujours leur train dans notre bonne ville de Montpellier, et vous donnez tant de prise, vous vous pâmez au cours de ce marchand de vin transformé en professeur de paléontologie par la volonté de M. le maire, et vous placez les versiculets de notre burlesque secrétaire au-dessus des œuvres de Victor-Hugo.

Il s'arrêta, croyant que, piquée au vif, elle prendrait la mouche à son tour et se mettrait à l'unisson de sa nervosité, mais ce fut le plus doucement, le plus aimablement du monde qu'elle lui répondit :

— Ceux qui vous ont dit cela, mon ami, se sont trompés; je trouve le cours de M. Segaudy intéressant et je le suis avec plaisir, mais sans la moindre pâmoison; quant à M. Cassagnou, si je me plais à écouter ses poèmes et ses chansons dans l'harmonieuse langue d'oc qui fut celle de mon enfance, il ne me vint jamais à l'idée de la comparer, même de loin, à l'auteur des « Orientales ».

— Vous perdez votre temps, ce faisant.

— Possible, mon ami, mais est-ce à votre détriment? Manquez-vous de quelque soin chez vous? Votre maison n'est-elle pas bien tenue? Vous ai-je laissé le moindre souci, la moindre inquiétude, le moindre tracas domestique? Et vous ai-je imposé pour ma personne la plus légère corvée pouvant vous détourner un seul instant de vos études? Non, n'est-ce pas? Alors pourquoi me reprocher les rares distractions que je prends une fois ma tâche accomplie?

Rien de plus juste que ces paroles prononcées avec le plus grand calme, et, dans son état normal, Roucairol en eût certainement rougi de honte, mais désormais, candidat sérieux bien qu'encore inconscient à la jalousie, il s'en exaspéra davantage.

— Je ne vous reproche pas précisément cela, répliqua-t-il, désireux de ramener la discussion à son point de départ, mais de sympathiser un peu trop avec mes plus cruels ennemis.

Et il appuya sur ces mots : « Sympathiser un peu trop » d'une façon qui acheva de prouver à Rosette qu'elle n'était pas loin du succès.

— Encore vos exagérations! répondit-elle, voulant le pousser un peu plus.

— Des exagérations! des exagérations!...

Et au comble de la colère, devant cette obstination douce de sa femme, il ne trouvait d'autres mots.

— Oui, des exagérations, reprit Rosette; faut-il, mon ami, vous répéter encore une fois que...

Roucairol n'écoutait plus. Toutes les vexations, toutes les persécutions de ses débuts pénibles affluaient à la fois à sa mémoire. Il se remémorait les injustices dont on l'avait accablé, la jalousie, l'obstruction de maints collègues puissants. Une violente colère bleuissait lentement sa face pâle; sa langue, peu à peu, se déliait; ses doigts commençaient à tapoter nerveusement la table, ainsi qu'il faisait sur sa chaire ou à l'Académie quand il répondait à quelque captieuse objection; enfin, l'œil humide, la lèvre tremblante, la moustache hérissée, il éclata :

— J'exagère, j'exagère! Mais vous ne savez donc pas, madame, que depuis le jour où j'entrai à cette école, je fus la bête noire, le cauchemar de ces gens-là; qu'il n'y a pas d'avanies, de vexations dont Segaudy et Cassagnou ne m'aient abreuvé, à chacune de mes étapes dans ma carrière de savant. Cassagnou ne m'a jamais pardonné ce qu'il appelle dédaigneusement mes origines obscures; il fallait entendre naguère encore sur quel ton méprisant il parlait du petit « pion » Roucairol! Oui, sa haine contre moi prit naissance le jour déjà lointain où, simple professeur de lycée sortant des « pions », je conquis de haute lutte, et sans la moindre protection, la chaire de paléontologie à la Faculté des sciences, et sa rage ne connut plus de bornes quand il vit les étudiants affluer à mon cours, et le sien rester désert. Alors il s'en prit aux théories darwiniennes que l'un des premiers j'avais l'audace d'enseigner dans la vieille Université montpelliéraine. Je déshonorais, criait-il, par le matérialisme de mon enseignement, l'antique École dont les traditions idéalistes avaient fait la gloire! Il se coalisait avec l'évêque et ameutait contre moi les cercles catholiques, les étudiants bien pensants, comme ils disent; organisait le tapage à mon cours et suscitait ainsi un prétexte pour provoquer sa fermeture. Il ne fallut rien moins, pour leur tenir tête et déjouer leur projet, que l'énergie de la plupart de mes collègues, et le bon sens de mes élèves, dont la majorité avait été séduite par mon enseignement.

« Voilà, madame, les hommes que vous admirez tant!

Et arrivé là de sa tirade, le cœur noyé par tous ces souvenirs amers, il ébranla la table d'un coup de poing qui acheva d'abasourdir la vieille Sophie et fit de ses mains tremblantes tomber la brosse à miettes.

Depuis quinze ans qu'elle était au service de Roucairol, elle n'avait ouï de sa bouche que de rares monosyllabes et avait fini par le croire muet.

Elle restait debout, bouche bée, les yeux larges comme si elle eût assisté au plus éclatant des miracles, tandis que son maître, ayant repris haleine, répétait avec une obstination véhémente, le regard dardé sur sa femme :

— Oui, madame, encore une fois, voilà les gens que vous défendez, que vous admirez, et aux manifestations haineuses desquels vous prétendez vous associer.

Rosette ignorait la plupart de ces griefs, son mari n'y ayant fait dans ses explications précédentes que de vagues allusions; aussi, malgré de violents efforts pour paraître calme, avait-elle pâli en l'écoutant. Elle aimait trop Roucairol pour demeurer indifférente aux accusations que, dans l'explosion d'une colère imprévue, il avait cruellement précisées, et elle eut peur d'être allée trop loin.

— Mon Dieu! cher ami, répliqua-t-elle aussitôt, si vous croyez que la cérémonie à laquelle on nous a conviés pour dimanche prochain, soit une manifestation dirigée contre vous, nous n'irons pas, bien que, d'après ce que vous venez de me dire, votre absence soit de nature à réjouir ces messieurs, plutôt que votre présence.

— Vous croyez? fit lentement Roucairol, dont ces paroles prononcées sur un ton maternel avaient soudainement calmé la colère.

— C'est ma conviction profonde, cher ami, réfléchissez.

Et sur une poignée de main, plus cordiale que jamais, elle le quitta.

IX

EST parmi les sveltes ombelles des ciguës, les cynoglosses aux fleurettes bleues, les digitales pourprées et la rue au glauque feuillage qu'on avait décidé d'élever le buste du grand naturaliste Magnol.

Oh! ce n'avait pas été sans peine qu'on s'était mis d'accord sur ce point! On avait discuté longtemps, tant au Conseil académique qu'aux séances de l'Institut. La difficulté était de trouver dans le Jardin une place vacante. Nulle part, en effet, population plus dense, plus serrée de bustes. Ils étaient là tous ceux qui, depuis la fondation du jardin par Henri IV, en 1593, l'avaient illustré Sur des socles envahis par les mousses, ils se dressaient, cravatés de lierre, couronnés de liserons, les yeux vagues, avec dans chaque oreille une ruche minuscule de guêpes et un chapelet, de chrysalides autour de leur bonnet sorbonnien. Sous le blond soleil du Midi, ils dormaient, frôlés, caressés, envahis tout entiers par ces fleurs, par ces plantes que tant ils aimèrent et étudièrent leur vie durant.

A moins de reléguer Magnol dans les serres, on ne voyait pas où le loger. Or, on ne pouvait traiter ainsi celui qui, le premier, avait eu l'idée féconde de classer les plantes par famille, celui que le grand Linné tenait en si vive admiration qu'il voulut donner son nom à l'un des plus beaux arbres d'Amérique : le splendide magnolia.

Cette dernière considération, exposée à l'Académie par son président Cazalis, fut un éclair.

— Mais, s'écria le doyen Abélous, la place de Magnol est tout indiquée sous les magnolias de la mare, tout près des liliacées et derrière le « tombeau de Narcisse ».

— Parfait; parfait! s'écrièrent en chœur la plupart des académiciens.

— Et Rondelet? fit timidement une voix, celle du professeur Pezet, qu'en ferez-vous?

— C'est ma foi vrai, reprit tout bas le président, cette place appartient à Rondelet.

— Rondelet! Rondelet! cria d'un air agressif, l'irascible secrétaire perpétuel.

— Oui, Rondelet, appuya fermement l'ami de Roucairol, sentant son auditoire favorable, qu'en ferez-vous? Avez-vous un meilleur endroit à lui offrir, car je suppose que vous ne le traiterez pas à la légère, celui-là et que vous ne l'enverrez pas s'effriter dans la pièce aux bustes? Si Magnol a des titres à notre admiration, Rondelet en possède d'aussi beaux, et, il me semble, d'origine clapassière assez pure.

— Oh! je ne prétend pas le contraire, riposta Cassagnou, mais je persiste à soutenir avec l'honorable doyen Abélous, que la place de Magnol est sous les magnolias de la mare.

Le professeur Pezet voulut répliquer, mais il ne lui en laissa pas le temps, et sentant qu'une bonne plaisanterie enlèverait comme toujours l'assentiment de ses collègues :

— D'ailleurs, poursuivit-il sur son ton d'habituelle gouaillerie, ce brave Rondelet y est si peu, à cette place, qu'on ne l'y voit même pas. Toutes les plantes grimpantes du jardin semblent s'être donné rendez-vous autour de son socle; une lambrusque plus hardie en compagnie d'un lierre insolent ont poussé plus haut leur conquête, et, après lui avoir couvert le menton, fermé la bouche et clos les yeux, se sont embroussaillés dans ses cheveux et laissent retomber jusqu'au sol pousses et vrilles comme un voile.

« Enfin, conclut-il, je ne demande pas qu'on le tire de là, bien qu'il ait déjà son allée ici et une rue dans la ville, mais simplement qu'on lui donne Magnol pour voisin.

Le président mit aux voix.

« Farceur de Cassagnou! marmottaient ses collègues en jetant un « oui » dans l'urne, si bien qu'à l'unanimité moins une voix, et Roucairol n'assistait pas à la séance, on décida que le buste de Magnol s'élèverait près de la mare, tout près des liliacées, derrière le « tombeau de Narcisse ».

X

E fut une admirable fête et comme on n'a plus revu sous le beau ciel de Montpellier! Pendant trois jours la ville pavoisée, enguirlandée, illuminée jusque dans la plus étroite de ses ruelles, regorgea de monde. Il en était venu de tous les points du Languedoc, de la Provence et de l'Aquitaine. Ceux de Cette et de Mèze dominaient, poussant devant eux leur énorme bœuf symbolique; les trains, les diligences, les plus antiques véhicules arrivaient du côté de Béziers, bondés à crouler, et les Biterrois se ralliaient dans les rues autour de leur chameau fantastique. Pézenas avait envoyé son poulain avec les trois quarts de son peuple : de Ganges, de Lunel, des Matelles, de Clermont-l'Hérault et de Lodève, c'était un flot continuel. Les Loupianais poussaient leur loup et ceux de Gignac leur âne. C'était parmi ces populations quelque peu différentes d'allures mais si unies de cœur et d'âme, à qui l'emporterait par son entrain, par son humour ou son adresse.

Jusqu'à cette heure, Roucairol et ses partisans avaient tout lieu d'être contents; on ne pensait pas plus à Magnol qu'à son buste; mais, une fois dansée la dernière figure des « Treilles » et mimé le dernier acte du « Soufflet », des hérauts vêtus aux couleurs de la ville se répandirent dans le Peyrou annonçant que la Cour d'amour traditionnelle du Félibrige latin allait tenir ses assises au Jardin des Plantes, où serait en même temps inauguré le buste de l'illustre Clapassier Magnol, naturaliste et félibre.

Le peuple se rua donc derrière les félibres au Jardin.

Tout ce qu'il y a de jolies femmes à Montpellier, et on peut dire qu'il n'y en eut jamais de bien laides, égayaient la masse sombre des habits par leurs toilettes estivales et, depuis la grisette de l'étudiant jusqu'à la femme du recteur, pas une dont le visage n'exprimât l'allégresse de cette journée soleilleuse.

Ce ne fut pas sans de grands efforts que le capoulié Cassagnou, aidé de ses majoraux, obtint un peu de silence; mais, si, sur ses injonctions désespérées, félibres et félibresses consentirent à brider leur langue il n'en fut pas de même des cigales, qui,

sans respect pour son étoile à sept rayons, tambourinèrent de plus belle dans les frondaisons flamboyantes. En bon Méridional qui connaît l'entêtement de ses concitoyennes ailées, Cassagnou ne s'obstina pas et, tombé le voile dont le buste était recouvert, il prononça son allocution qu'il fit très courte, pour ne pas éveiller les susceptibilités endormies et les colères sommeillantes, puis déclara la Cour d'amour ouverte.

Les traditions ordonnaient qu'on nommât tout de suite une reine, reine de beauté, d'élégance, de poésie, en qui s'incarnerait une heure durant le doux génie du Languedoc, et vers laquelle s'élèveraient, sur les ailes d'or de leurs rimes, les hommages de ses poètes.

Les traditions voulaient aussi que, nouveau Pâris, le capoulié fît ce choix dont vous comprenez aisément la délicatesse.

Songez donc! Depuis le jour où fut connue dans Montpellier la prochaine tenue d'une cour d'amour, pas une jeune Montpelliéraine qui n'eût senti sourdre en son cœur l'espérance d'en être la reine, ou tout au moins l'une des dames d'honneur. Et sous l'œil jaloux de chacune, les couturières de passer les nuits à confectionner des chefs-d'œuvre.

Tout le temps pris à la modiste et au miroir s'était consumé en intrigues autour des gros bonnets du félibrige. Mainteneurs, majoraux, capiscols: tous ceux qui, le jour venu, posséderaient voix au chapitre avaient été, pendant cette quinzaine, pressés, enveloppés, assaillis par un bataillon de jolies femmes.

Ce fut autour du capoulié que s'engagèrent les escarmouches les plus vives, son influence dans les choix primant celle de ses collègues.

Les plus ardentes au combat, celles aussi dont la diplomatie eût confondu Talleyrand et Machiavel, furent la belle Mme Pégat, et sa rivale, la préfète. La jeune femme du recteur alla même jusqu'à souffler dans l'oreille de Cassagnou de faire remplacer ses modestes palmes académiques par la rosette de l'instruction publique.

Ce qu'ayant su, Mme Barnier fit entrevoir au capoulié l'espérance du ruban rouge.

En d'autres temps, Cassagnou, dont l'ambition seule égalait la malice, aurait tressailli de bonheur en écoutant ces douces paroles tentatrices. N'avait-il pas, en effet, pendant six ans, soupiré après cette rosette violette, et accablé de ses brochures les députés du département an d'en obtenir une démarche auprès du ministre?

Six mois plus tôt, on l'eût rendu fou de joie en l'assurant de quelques chances au ruban rouge. Mais à cette heure, il faut bien le dire, un sentiment plus fort que l'honneur et le désir de ses insignes agitait, sans qu'il en eût pleine conscience, l'âme du facétieux capoulié.

Oui, notre homme, ainsi qu'il arrive souvent, s'était pris à son propre piège et avait eu comme tant d'autres, le tort de jouer avec l'amour.

Il avait commencé par faire à Rosette une cour de célibataire qui s'ennuie et ne serait pas fâché de rompre, ne fût-ce que quelques instants, avec de vieilles habitudes provinciales; sans compter que Mme Roucairol possédait cette calme et mûre beauté des femmes de trente ans qui, si facilement enflamme les quinquagénaires. Enfin, quel plaisir n'y aurait-il pas à orner le front de son adversaire d'appendices si majestueux qu'il pourrait supposer les tenir de son vieil ami le « Cerf des cavernes? »

Et, maintes fois, avec cette inepte plaisanterie, il avait fait s'esclaffer Segaudy au Cercle de la Lyre.

Le vieil académicien avait lui-même, dès les premiers jours qui suivirent l'arrivée de Rosette, flairé le vent sur cette piste, et, vivement impressionné par sa beauté et les avances qu'elle lui fit, comme à Cassagnou, vous savez pourquoi, s'était mis en tête de lui plaire.

D'abord nullement jaloux l'un de l'autre et mus tous les deux par le même désir de jouer un bon tour à ce toqué de Roucairol, il leur arrivait maintes fois d'échanger, en se rencontrant, quelques plaisanteries de circonstance.

— Eh! eh! mon cher capoulié, interrogeait narquoisement Segaudy, charmante félibresse, n'est-ce pas? plus brune et plus jolie que la « Mireille » de Mistral.

Et le joyeux Cassagnou de répondre, en clignant ses petits yeux futés :

— Avec ça, collègue, que vous-même ne pourriez rencontrer une plus affriolante « cause finale ».

— Comment diable, reprit Segaudy, une aussi charmante créature s'est-elle entichée d'un homme qui veut à tout prix descendre du singe?

— L'adorable guenon, en tout cas! concluait Cassagnou avec un sourire égrillard.

Maintenant, le temps était pour lui bien passé de ces facéties ridicules; perdues ses allures de Céladon, de don Juan sur le retour qu'il s'était longtemps données devant elle, tombé son verbe assuré de grand poète méridional consentant à courtiser une pastoure; c'est à peine s'il osait pétrarquiser devant celle qu'il brûlait d'avoir pour sa Laure, et que, naguère, il appelait avec une certaine condescendance « sa jeune élève en félibrige ».

Non seulement il ne recherchait plus Segaudy pour échanger à son sujet gauloiseries et propos grivois, mais il souffrait lorsque seulement son joli nom venait aux lèvres lippues de son collègue.

Il avait, au cours de sa quotidienne partie de manille, des distractions singulières qui indignaient, en les intriguant, ses nombreux amis de la Lyre. Il oubliait d'aller au « maset » le jeudi de chaque semaine, ce qui ne lui était pas arrivé deux fois en vingt ans. Enfin, lui qui jusqu'alors avait incarné à l'académie la bonne humeur et la gaieté, ne composait plus que des élégies; et, pour donner le change à ceux que cette métamorphose subite étonnait, il avait fait courir le bruit qu'il travaillait à un poème en douze chants sur la « brandade de morue ».

De son côté, Segaudy, à cette heure de son existence, se trouvait dans un état d'âme semblable, pour parler comme un romancier psychologue. La belle Mme Roucairol avait peu à peu remplacé dans les préoccupations de sa vie la théorie des causes finales, les idées du grand Cuvier, de l'illustre Geoffroy-Saint-Hilaire dont il se déclarait humblement le continuateur et l'élève; mais de sens plus rassis en sa qualité de savant et d'imagination moins ardente que le poète, Cassagnou, il n'en laissait encore rien paraître et la grosse Mme Segaudy, que Pezet, le professeur d'organographie végétale, dénommait dans l'intimité « Cucurbitus segaudyensis », n'avait pas eu la moindre occasion de voir se troubler sa quiétude conjugale.

Lui aussi évitait de se rencontrer avec Cassagnou, et, bien que tous deux n'eussent reçu de la trop charmante Rosette que les mêmes œillades intentionnelles, ils n'étaient pas loin de se jalouser l'un l'autre.

Il faut dire à la louange de Mme Roucairol, puisque nous connaissons la pureté de ses projets, qu'elle avait joué cette petite comédie avec une incomparable maestria. Maintenant, elle se voyait près du succès qui couronnerait son œuvre.

Elle avait senti naître dans le cœur ossifié de Roucairol les premières pousses de cette plante vénéneuse qui s'appelle la jalousie, et son oreille de femme aimante avait très nettement perçu les premiers bruits de cette terrible et mystérieuse germination.

Sûre d'être élue reine par le capoulié, certaine de faire s'emballer Segaudy, s'il le fallait, elle pensait que la journée serait, à cet égard décisive, et que son mari sortirait du Jardin plus jaloux qu'Othello lui-même.

XI

E buste couronné de Magnol ouvrant sa bouche de pierre pour répondre au discours fleuri du capoulié-président n'aurait pas provoqué une stupeur plus profonde que celle dont furent saisis les assistants quand, conformément à la tradition, Cassagnou désigna, en lui offrant son bras, Mme Roucairol pour la reine.

La femme du recteur Pégat devint aussi blanche que les nymphéas de la mare, et la sémillante préfète fut sur le point de défaillir entre les bras du doyen Garrimond, son voisin.

Du groupe ravissant et suavement nuancé que formaient ces dames, un murmure s'éleva semblable au bourdonnement des guêpes, dont la plupart avaient la taille, mais dont beaucoup aussi avait le dard.

Heureusement pour Rosette qu'il fut aussitôt couvert par les cuivres de la « Sainte-Cécile » et par les voix tonitruantes des « Enfants du Clapas », saluant sa souveraineté d'un jour, pendant que rose comme un fiancé et non moins rayonnant que son étoile, le capoulié Cassagnou la conduisait à son trône, sous l'arbre feuillu de Magnol.

Un silence se fit, durant lequel les cigales seules continuèrent à tambouriner, tandis que, sous les corolles des nénuphars, les rainettes un peu rassurées élargissaient le cercle d'or de leurs prunelles.

A ce moment, tous les regards étaient tournés vers Roucairol, et l'on ne prêtait nulle attention aux choix faits par les majoraux des dames d'honneur qu'ils conduisaient à droite et à gauche de la reine, cinq d'un côté et cinq de l'autre, ainsi que le voulaient les traditions de la Maintenance et les édits de Clémence Isaure.

Le choix tout à fait imprévu du capoulié dont on connaissait la haine à l'égard du professeur Roucairol, fut pour tous la confirmation éclatante d'un bruit qui circulait en ville, colporté de salon en salon.

L'assiduité de Rosette aux séances de la « Sartan » quand Cassagnou présidait, avait été remarquée et mise en regard de son absence quand le poète abandonnait à un majoral le siège de la présidence pour chasser les cailles au maset. Et c'est cela, que signifiaient visiblement le murmure indigné des femmes et les regards plein d'ironie dont les hommes enveloppèrent Roucairol.

Bien que l'illustre naturaliste fût depuis quelque temps rendu moins distrait, moins absorbé dans sa science par la jalousie naissante, il n'en était pas moins, dès l'ouverture de la cérémonie, tout entier à une observation faite la veille sur la clavicule retrouvée du « Pyornis ». Il eut un léger soubresaut et pâlit quand il aperçut Cassagnou accompagné du majoral Segaudy se diriger vers sa femme et lui offrir le bras avec le cérémonial d'usage; puis de la voir l'abandonner sans lui adresser un mot, et s'en aller triomphante, le rose du bonheur au front, entre les deux hommes qu'il détestait le plus en ce monde, il fut sur le point d'éclater et d'exhaler en une virulente apostrophe sa haine, hélas! décuplée par un sentiment moins noble encore; mais soudain il eut la vision du ridicule dont le comblerait sa sortie; il se contint et sut garder, sous les regards narquois ou hostiles, son attitude distraite.

Mais s'il réussit à tromper tout le monde sur la nature de ses intimes sentiments, sa pâleur n'avait point échappé à Rosette, laquelle, comme toutes les femmes, avait la faculté de bien voir sans même paraître regarder. Elle en éprouva une joie profonde et accentua du mieux qu'elle put son rôle facile de coquette.

A l'ombre du magnolia fleuri, sur ce trône rustique, depuis trois siècles illustré par les femmes les plus belles et les plus distinguées du Languedoc, elle avait la radieuse beauté d'une reine que n'étonnèrent jamais les plus raffinés des hommages. Tout en elle justifiait le choix dont elle avait été l'objet : ses yeux de la couleur des agrunelles quand elles commencent à mûrir, ses lèvres, semblables à deux pétales d'églantine, ses menottes et ses petons d'une incomparable mignardise et sa taille de courtilière, émergeant d'une robe de crépon beige que rehaussaient de délicates valenciennes.

Maintes rivales, la première déception calmée, en convenaient à voix basse, et sous le coup de la plus vive admiration, nombre de ces vieux universitaires écarquillaient leurs prunelles comme jeunes collégiens.

Dans un crescendo délirant s'exaspéraient les bravos des cigales, et sous les nénuphars du bassin les rainettes devenaient folles.

Pourtant il y eut un moment de répit, dont le capoulié profita pour lire son poème à la reine.

Il l'avait amoureusement ciselé dans le silence de son mas, à l'ombre douce du vieux figuier, en regardant saigner les figues picorées par les oiselets pendant que le Lez murmurait et que l'alouette grisollait sous les pampres. Il y avait mis tout son cœur, toute sa passion naissante; le beau soleil de Montpellier étincelait dans chaque rime, et chacun des vers embaumait le serpolet et la lavande.

Et les yeux extatiquement fixés sur elle avec l'air inspiré de ses ancêtres les troubadours, il commença :

Couma las sauvias per las garrigas,
Couma lou lis au calabrun,
Couma la niella per lous espigas,
Nous enclausissès de toun perfum.

Comme les sauges dans les garrigues,
Comme la fleur du lin au crépuscule,
Comme la nielle dans les épis,
Tu nous ensorcelles de ton parfum.

Blanca mai que la coucoumèla,
Sies affinqda coum' un bèu joun;
Ta pamparuga enmimarèla
Et tous iothous nous risoulejoun.

Plus blanche que le nymphæa,
Tu es aussi fine qu'un jonc;
Ta chevelure éblouit
Et tes petits yeux nous réjouissent.

En ausiguen, ma cardounilha,
Toun poulidet gazouilhadis,
Lou roussignou joust la ramilha,
Lou roussignou se rescoundis.

En entendant, mon petit chardonneret,
Ton si joli gazouillement,
Le rossignol sous la ramée,
Le rossignol va se cacher.

Et perqué? perqué? ma Rosetta,
Gens et bestios as tout soubrasat?
Ta mairina es ségu fadetta
Et tu, sies l'Amour, la Beutat.

Et pourquoi? pourquoi? ma Rosette,
Gens et bêtes tu as tout enflammés?
Ta marraine est pour sûr une petite fée,
Et toi tu es l'Amour, la Beauté.

Se vouliès per toun calignaire,
Poulida reina dou Clapas,
Un félibreu, un grai troubaire,
Ma poluida reine, aqui l'as.

Si tu veux pour ton amoureux,
O jolie reine, au Clapas,
Un félibre, un gai poète,
Ma jolie reine le voici.

En écoutant cette brûlante déclaration ainsi adressée à Rosette publiquement et sous son nez par l'un de ses plus cruels ennemis, Roucairol se mordit la lèvre pour savoir s'il ne rêvait pas, et si la femme qui se pâmait sous la voix caressante du poète était la sienne.

Mais non, il ne rêvait pas, c'était bien lui Roucairol (Arsène-Lucien), professeur de paléontologie comparée, correspondant de l'Institut, l'une des gloires de la science contemporaine, et la femme que Cassagnou courtisait ainsi en vers enflammés, aux applaudissements de tout le monde, était bien Rosette.

Les sentiments violents qui agitèrent son âme pendant la déclamation du poème se reflétèrent sur son visage avec d'autant plus de fidélité, que, durant sa vie de savant, il n'en avait jamais éprouvé d'analogue...

De pâle qu'il était au premier quatrain, il devint cramoisi quand s'acheva le dernier.

Il avait d'abord voulu réagir contre cet envahissement de son être par des idées et des mouvements passionnels, dont il constatait enfin avec amertume les vrais mobiles; mais ses efforts furent sans fruit.

En vain appelait-il à son aide l'exemple de sa vie passée, il lui semblait qu'il n'avait jamais vécu jusqu'alors; en vain cherchait-il à calmer l'étrange et nouvelle fièvre de son cerveau en se plongeant dans les souvenirs de ses plus acerbes controverses, il constatait, la mort dans l'âme, l'indocilité invincible de son esprit jusque-là si obéissant et si souple.

Pour la première fois, depuis un an qu'ils vivaient ensemble, il regardait sa femme avec des yeux que n'aveuglait plus la vertèbre de l'Homme-singe ou le sternum du « Pyornis ». Et sur le trône que recouvraient les plus belles fleurs du Jardin des Plantes, sous la feuillée des magnolias qui ne laissait passer de soleil que ce qu'il en fallait pour lui dessiner une auréole, elle lui parut adorable. Ces yeux où l'ombre mettait une langueur affolante, ces lèvres que les abeilles assiégeaient croyant butiner une rose, cette taille qu'auraient enviée les libellules de la mare, et ces mains si blanches que l'amoureux capoulié avait plusieurs fois baisées, insistant plus que ne le voulaient les traditions de la Maintenance, tout cela était bien Rosette, Rosette qu'il avait toujours dédaignée, lui préférant ses vieux bouquins et ses fossiles.

Alors, en la voyant complaisamment répondre aux sourires et aux œillades tantôt du capoulié Cassagnou et tantôt du majoral Segaudy, il eut la conscience absolue de la révolution qui, lentement, s'était opérée en lui et de la métamorphose morale qui, bientôt serait complète.

Il était le témoin désolé de ce douloureux phénomène auquel sa propre personnalité se trouvait soumise. Toutes ses facultés de savant, ses habitudes d'observation, sa longue pratique de l'analyse allaient soudainement changer de but et, délaissant la préhistoire, s'exerceraient sur son propre cœur avec une cruauté indicible.

Venu le tour du majoral Segaudy de dire à la reine son poème avec les familiarités d'usage, la pâleur de Roucairol fut telle que Rosette s'en émut et, prétextant un peu de fatigue, céda son trône à la première dame d'honneur.

Une heure après, quand cigales, cigaliers et félibres, suffisamment grisés de beaux vers, se furent lassés de chanter et que le soleil menaça de ne plus éclairer la fête, la Cour d'amour fut déclarée close, et Roucairol ne put retenir un soupir de soulagement. De sentir enfin sur son bras le bras mignon de Rosette, pour la première fois de sa vie, il rougit de bonheur comme un « novi ».

XII

E matin-là, le professeur Roucairol pâle, les yeux gonflés par une veille prolongée, était assis devant sa table de travail, qu'encombraient bouquins et fossiles.

L'aube l'avait trouvé là, insensible à la vivifiante joie dont elle animait les choses les plus rébarbatives dans ce cabinet trop austère.

Effleurés par ses premiers rayons, les livres les plus sombrement vêtus étincelaient au fond de la bibliothèque, sous les vitrines à collections les tibias paraissaient roses, les mâchoires les plus horribles souriaient, et raide sur sa tige d'acier, l'Homme-singe lui disait sa gloire, sans que rien de tout cela pût l'arracher à ses idées tristes.

Plus d'un mois s'était écoulé depuis la grande fête félibréenne, et la lutte que le savant livrait en

lui à l'amoureux était devenue de jour en jour plus cruelle.

En sortant de la Cour d'amour, tandis qu'ils s'en revenaient à leur paisible rue des Arceaux, il avait eu le violent désir de communiquer à Rosette un peu de ce qu'il éprouvait à cette heure.

Et qu'aurait-il fallu pour cela? Lui presser le bras un peu fort, ou bien la regarder tendrement dans les yeux, ou mieux encore profiter de la solitude des rues pour lui prendre un baiser sur les lèvres.

C'eût été ainsi lui marquer qu'il prétendait commencer une vie nouvelle et se faire enfin pardonner son indifférence passée, et les torts dont la gravité lui était soudain apparue.

Rien de plus simple et de plus facile, pourtant il ne l'avait pas fait, empêché par une timidité qu'il ne put vaincre et à laquelle s'était mêlée — sans qu'il s'en doutât — une certaine dose d'amour-propre.

Rosette avait jusqu'alors tenu si peu de place dans sa vie, absorbée tout entière par la science. Bien qu'habitant sous le même toit, il l'avait si peu fréquentée, observée! elle avait si peu occupé son esprit et ses sens qu'à cette heure où, surpris par l'amour, ses yeux s'ouvraient sur sa beauté, il lui sembla qu'il se trouvait devant une femme inconnue et toutes les timidités d'un fiancé trop épris l'avaient assailli, renforcées par sa timidité naturelle.

Cette soudaine révélation de la beauté de Rosette, consacrée par un grand triomphe et par d'unanimes hommages, l'avait bouleversé d'autant qu'elle donnait plus de relief à sa douceur, à sa patience, à ses goûts d'ordre et d'économie, en un mot à toutes ses vertus et ses qualités morales dont il avait joui avec son égoïsme de savant et sur lesquelles il s'était blasé.

Lorsqu'il l'avait tenue à son bras après deux longues heures d'une angoisse inéprouvée jusque-là, il ne s'était point lassé de la contempler à la dérobée, avec un étonnement voluptueux qu'il avait eu honte de trahir.

« Après tout, c'est ma femme! » s'était-il dit pour se donner enfin le courage de lui murmurer à l'oreille quelques mots bien tendres par lesquels leurs deux cœurs s'ouvriraient.

Et cela lui avait paru aussi pénible, aussi difficile qu'un premier aveu.

En vrai timide, il s'était d'abord fixé, pour parler, la grille basse du Peyrou.

Arrivé là :

— Nous serons plus seuls aux Arceaux, pensa-t-il, ici on pourrait nous entendre et ce serait du dernier ridicule.

Quand ils avaient été au commencement de l'aqueduc, le plomb qui scellait ses lèvres lui parut encore plus lourd.

Il s'était mis à compter les arches en se donnant jusqu'à la dixième, puis avait reculé jusqu'à la trentième, et lorsqu'ils étaient arrivés au bout, où était leur maison, il avait enfin ouvert la bouche pour dire :

— Comment avez-vous trouvé.. Cassagnou?

— Mieux que jamais, avait répondu Rosette, décidément c'est un grand poète.

Et là-dessus, s'étant quittés comme toujours, elle avait regagné sa chambre, tandis qu'il s'était dirigé vers son cabinet.

Depuis, ils avaient continué leur même existence. Rosette s'ingéniant pour qu'aucun souci matériel ne troublât la vie du savant, décidée à conserver dans la maison son rôle de fée bienfaisante et presque invisible, jusqu'au jour où son mari se jetterait à ses genoux comme le plus amoureux des fiancés et implorerait son pardon.

Et ce jour-là, elle le sentait proche, car elle lisait clairement dans cette âme quelque peu naïve.

Sans cesse rongé, tenu en haleine par sa croissante jalousie, paralysé par son insurmontable timidité, Roucairol s'était jeté à corps perdu dans ses études, espérant y trouver l'oubli, sinon la sérénité et les douces joies de jadis; mais, hélas! dans sa vieille âme de savant désormais brûlée par l'amour, s'était soudainement éteint le feu sacré de la science, et, chose qui jamais ne lui arriva dans sa longue vie laborieuse, son cerveau, rempli de Rosette, se refusait le plus souvent à l'étude. Ses fossiles et ses bouquins, tout ce à quoi jusqu'alors il consacra ses forces vives, ne lui inspirait plus qu'un intérêt tous les jours décroissant.

Jadis, il n'avait qu'à ouvrir un livre, tenir une plume entre ses doigts ou mettre la main sur un fossile pour qu'aussitôt son cerveau fonctionnât avec une régularité merveilleuse, et maintenant cet organe jusque-là si docile devenait d'une inertie, d'une paresse de plus en plus désespérantes. Il restait des heures entières plongé en des distractions où la préhistoire et la paléontologie n'occupaient pas la moindre place, mais au cours desquelles tantôt il se surprenait avec des mots tendres aux lèvres devant le fin profil de Rosette, et tantôt se réveillait la rage au cœur, ayant entrevu dans son rêve les silhouettes grimaçantes de Cassagnou et de Segaudy. Il avait même, à son cours de la Faculté, des absences dont les étudiants s'étonnaient et dont on commençait à jaser au Cercle de la Lyre. Son humeur s'était encore assombrie; il délaissait ses meilleurs élèves et brutalisait son fidèle appariteur Paleyrac pour une vétille.

Insensible aux attaques des segaudiens que son silence encourageait, il avait laissé sans réponse un mandement de Mgr Anastase, d'une violence inouïe, contre sa doctrine et dont le fond comme la forme l'eussent, quelques mois avant, merveilleusement inspiré. L'encre s'était figée dans son encrier, et sur sa table, parmi le désordre des fossiles et les bouquins, le manuscrit du *Pyornis* s'étalait depuis deux mois à la même page; il laissait même inachevé son mémoire sur l'Homme-singe que le monde savant, enthousiasmé par les quelques fragments publiés, attendait avec impatience et qui devait faire de lui le premier paléontologue du monde.

Et savez-vous à quoi il passait son temps quand, farouche et le front plissé, il restait des heures en rouche, et le front plissé, il restait des heures entières devant son pupitre? A écrire en ronde, gothique, bâtarde, dans toutes les écritures connues, le nom de Rosette sur les marges de ses feuillets.

Souvent il tentait de se raisonner, de réagir contre cet envoûtement progressif en pensant aux jours heureux, à toutes les joies pures, indicibles, que lui avait donné la science, son unique maîtresse, son seul amour jusqu'alors. Il essayait de penser à la gloire, à la brillante carrière qu'il lui

restait à parcourir et aussi au triomphe de ses idées, de ses doctrines, qui avait encore besoin de son labeur pour être complet.

Introduire définitivement Rosette dans sa vie, criait en lui le savant, ne serait-ce pas compromettre son œuvre par une existence nouvelle, toute de dissipation, et incompatible non seulement avec ses études, mais avec ses goûts personnels?

Et aussitôt l'amoureux de répondre en évoquant les qualités, les vertus dont Rosette avait fait preuve jusque-là, tandis que sa fine silhouette se dressait, passait dans son rêve triste plus affolante que jamais.

« Ce soir, à table, je... » Il n'achevait pas sa pensée, ne voulant pas préciser, fixer d'avance ce qu'il ferait pour mettre un terme à cette intolérable situation.

Et, une fois le moment venu, quand, le bonjour amical échangé, ils étaient l'un en face de l'autre, son beau courage tombait comme à la sortie de la Cour d'amour.

Puis quand, le repas fini, Rosette en prenant congé, lui disait : « Mon ami, je vais au cours de Segaudy, ou bien à la séance du félibrige », il sentait son cœur se serrer et ne trouvait pas un mot à répondre.

Il revenait furieux et dolent dans son cabinet de travail, où il demeurait jusqu'au soir, obsédé par la vision de ses adversaires.

« C'est l'un ou l'autre qu'elle aime », se disait-il tristement, et la jalousie le poussant, il se livrait au plus indigne espionnage. Au risque du plus gros ridicule, il se déguisait, mettait une fausse barbe, de faux cheveux, et la suivait à la *Sartan* où à la Faculté des lettres. Il se dissimulait avec soin dans un coin de la salle et ne la perdait pas un instant de vue.

Il avait ainsi passé des heures mortelles à écouter de longs poèmes en langue d'oc, à disséquer les marivaudages dont Cassagnou emplissait les séances et dans lesquelles sa jalousie lui montrait des allusions directes à Rosette comme une sorte de secret langage entre eux convenu. Il avait entendu Segaudy soutenir, avec son ordinaire fatuité, des doctrines contraires aux siennes, et attaquer sans vergogne ses plus remarquables travaux; mais tout cela le laissait froid, tandis qu'il serait peut-être mort de honte s'il avait su que, de sa place, cette coquine de Rosette le reconnaissait chaque fois, quel que fût son déguisement.

Enfin, après les vivants, c'était au tour des morts de le tourmenter, de ce satané Gédéon, dont le portrait se prélassait à la place d'honneur de son cabinet et faisait face à l'Homme-singe.

Au matin, quand les rayons du soleil levant éclaboussaient le cadre d'or, ses yeux que l'artiste avait faits très vivants, prenaient une telle expression de colère et d'indignation qu'il en était bouleversé, et il croyait entendre de ces lèvres trop carminées tomber ces haineuses paroles :

« Malheureux! tu n'as donc pas honte de t'approprier en entier une gloire que tu ne gagnas qu'en partie? Cette vertèbre de l'Homme-singe, à qui tu dois ton ruban rouge et ta réputation européenne, n'ai-je pas perdu la vie en la découvrant? Encore, si tu m'avais laissé ma femme!... Avoue que tu as bien mérité ce que Rosette te fait souffrir à cette heure; tu es puni par où tu pé-

chas, et je suis sûr maintenant qu'il existe une
justice immanente!... »

Et sous cette hallucination de l'ouïe, l'illustre
savant frissonnait, plus craintif qu'une jeune fille.

Mais le soir, quand le crépuscule tombait et que
les derniers rayons du soleil agonisaient sur l'or
de son cadre les prunelles de feu Gédéon exprimaient une telle bonté, une si généreuse résigna-
tion qu'il en était plus troublé encore et sentait
ses remords s'éveiller avec une acuité nouvelle.

Oh! la douloureuse obsession de ce portrait!
Certains jours il en devenait presque fou. Il avait
d'abord voulu l'enlever, ou tout au moins le reléguer dans un coin en le tournant vers la muraille,
mais cela lui avait paru si bas, si indigne de sa
personne, qu'il n'en eut jamais le courage.

Mais, bizarrerie du cœur humain, sur la table qui
se trouvait en dessous, il s'était mis à entasser chaque jour et comme par inadvertance, thèses, brochures, manuscrits, in-quarto et in-folio, si bien
qu'au bout d'une quinzaine l'infortuné Maraval avait
fini par disparaître derrière cet amoncellement de
bouquins.

Un matin, Rosette, toujours attentive à maintenir l'ordre dans le cabinet, fit un déblayage complet, en esquissant son énigmatique sourire, et la
face de feu Gédéon surgit à nouveau, plus lamentable que jamais.

XIII

UAND vinrent les grandes vacances, Roucairol tomba légèrement malade, et le professeur Bérenger fut aussitôt demandé par Rosette.

— Mon cher, fit l'illustre doyen de la Faculté de
médecine après l'avoir examiné, vous payez votre
gloire : vous savez aussi bien que moi où peut
mener le surmenage. Cessez donc tout travail et
partez aussitôt pour la campagne.

Et comme Mme Roucairol approuvait par un
véhément signe de tête :

— Pourquoi donc n'iriez-vous pas à Roujan,
poursuivit-il; votre domaine de Valeuzières me paraît tout indiqué pour la circonstance; vous ne
trouverez pas ailleurs un air plus pur, une solitude plus complète, et, ce qui ne gâtera rien ici (il
s'inclina gracieusement devant Rosette), de fort
aimables souvenirs. Je suis sûr que vous nous re-
viendrez dans deux mois, encore mieux portant
que jadis.

En écoutant cela, Roucairol esquissa un sourire
indéfinissable qui frappa M. Béranger, mais que
Rosette ne vit pas.

— Enfin, conclut le docteur en sortant, n'ou-
bliez pas, cher ami, que vous vous devez à la
science et que la gloire de notre Université tient
en bonne partie dans vos mains.

Il acquiesça volontiers, croyant trouver dans ce
voyage une diversion à ses chagrins et peut-être
un heureux dénouement à sa situation singulière.

Trois jours après, ils partirent.

Depuis leur mariage, Roucairol n'était revenu
qu'une fois à Valeuzières et ne s'y était pas arrêté,
tandis que Rosette y faisait de fréquentes visites
nécessitées par l'exploitation du domaine.

Juillet à peine commençait quand ils y arrivè-
rent. La fenaison touchait à sa fin et de la plaine
de Roujan, en pâmoison sous le soleil, montait la
bonne odeur des foins coupés dont les greniers
s'étaient emplis et dont les derniers tas achevaient
de sécher sur les aires.

Partout les blés avaient mûri, et sur l'or ruti-
lant des avoines les coquelicots épandaient des
gouttelettes de sang frais tandis que nielles et
bluets entr'ouvraient leurs yeux de turquoise.

Avec l'air inspiré de ses ancêtres, il commença..
(p. 42.)

Les faux étaient à peine remisées que déjà on
aiguisait les faucilles, et dans le creux des sentes
ravinées menant aux granges et aux bordes, depuis Roquessels jusqu'à Caux et de Magalas à Fontès, on ne rencontrait que *gavachas*, leurs souliers
cloutés à la main, leur bourgeron en bandoulière,
descendus des Garigues-Hautes ou des montagnes
rouergates pour faire la moisson de la plaine qui,
cette année, s'annonçait superbe.

Encore plus promettait la vigne, car sous les
pampres plantureux, comme des bras allongés vers
le ciel, les grappes s'entassaient serrées et les
grains buveurs de soleil « s'envermeillaient » à
qui mieux mieux.

Çà et là, du fond des sillons maintenant invisibles, une alouette s'enlevait, tendait enamourée,

l'air limpide, et puis, les yeux fixés sur sa nichée et l'aile palpitant à peine, chantait, chantait à plein gosier la gloire de l'été puissant, qui rend la terre féconde.

En entrant dans le jardinet fleuri de Valeuzières, Rosette devint tout à coup rêveuse et, Roucairol, ému par cette nature splendide, se sentit étreint d'une angoisse.

Mariette, prévenue depuis la veille, les attendait sur le perron, vêtue de ses plus belles hardes; plus ridée, plus ratatinée que jamais, la prunelle toujours aussi vive, elle embrassa, inonda de pleurs sa maîtresse, mais fut à l'égard du savant d'une politesse respectueuse et glaciale; de même se conduisit Mammouth qui, après avoir allègrement jappé, sauté, gambadé comme un fou devant Rosette, esquissa devant Roucairol un grognement comminatoire.

Dans l'état où il se trouvait, le pauvre paléontologue en fut profondément navré et regretta d'être venu, ayant la vague intuition qu'il aggraverait sa peine

Puisqu'il n'avait pu supporter la vue de feu Gédéon en peinture sur le mur de son cabinet, qu'adviendrait-il ici où tout, gens, bêtes et choses, gardait son empreinte visible, en ce domaine où sa dépouille reposait et qu'habitait toujours son ombre?

Et puis le voisinage forcé sinon la vie en commun avec son beau-frère Isidore, lequel, pour mieux administrer le domaine à lui confié par Rosette oublieuse de ses affronts, s'était approprié l'aile droite de la villa.

Certes, il avait changé d'allure ainsi que la vieille Scholastique à l'égard de l'illustre savant dont la gloire flattait leur orgueil, honorait leur famille obscure et qui d'ailleurs n'avait pas de parents ni d'enfants après bientôt deux ans de mariage.

— Vous aurez deux héritages au lieu d'un, avait dit un jour le médecin de Roujan à Isidore; quand on surmène son cerveau il est rare qu'on fasse souche et qu'on s'attarde longtemps ici-bas.

Bien qu'ils crussent le docteur Lognos très savant et digne de toute confiance, chaque fois que Rosette passait quelques jours à Valeuzières, la mère et le fils n'en allongeaient pas moins un regard anxieux sur sa taille et sur son visage, et ne reprenaient leur tranquillité que lorsque Ernestine, après les premières confidences entre sœurs, leur affirmait qu'il n'y avait rien en perspective.

Aussi tous deux, ayant à se faire pardonner, luttaient d'obséquiosité pour conquérir les bonnes grâces de celui qu'ils avaient méprisé naguère.

Isidore, croyant ainsi faire sa cour, troublait à chaque instant sa rêverie, en lui envoyant dans les jambes un monstrueux petit marmot hydrocéphale comme son père et qui répondait comme feu son oncle, au prénom grotesque de Gédéon.

Sans doute, il était loin à Valeuzières de Cassagnou et de Segaudy, les insupportables chevaliers servants de sa femme, et de ce côté sa jalousie lui laissait un peu de répit; mais il le payait largement par l'obsession de plus en plus cruelle dont l'enveloppait défunt Maraval.

Conséquence naturelle de l'idée fixe, il ne pouvait faire un pas dans le domaine, sans que tout lui fût prétexte à évoquer son souvenir.

Il avait, avant son départ, pris encore une fois la résolution ferme d'en finir avec cette existence, de mettre un terme à sa torturante indécision et de dire à Rosette ce qui tant le faisait souffrir

« La solitude me sera propice, s'était-il dit à Montpellier. Là-bas, n'ayant plus les cours de Segaudy et les séances de la *Sartan*, elle sera plus près de moi et je ne puis manquer d'avoir une occasion décisive dans le calme inspirateur de la campagne. » Et cette idée l'encouragea à se conformer aux conseils de son vieil ami Béranger.

Maintenant, le matin, quand il se levait, éveillé par la voix perlée de sa femme toujours la première au jardin pour y arroser ses fleurs, alors qu'un premier rayon dorait le pic de Sainte-Marthe et que la plaine de Roujan souriait frissonnante à la lumière, de la voir sous son coquet chapeau de paille, aussi fraîche que ses grands lis, et aussi belle que ses roses, de respirer l'air embaumé par les bruyères des montagnes, il se sentait une audace de don Juan et il s'habillait à la hâte; mais, arrivé sur le perron, il remettait l'exécution de son projet à l'heure plus suggestive de la sieste.

Oui, dès que la caresse plus ardente du jour amollirait toute chose, que Sainte-Marthe flamberait, qu'au fond des grands lis affaissés on entendrait ronronner les cétoines, enfin que les roses se pâmeraient et que Rosette ferait comme elles, ils auraient à l'ombre douce des tilleuls la tendre explication décisive.

Midi passait et Roucairol, pour s'enhardir, n'attendait que le crépuscule, l'heure où le soleil agoniserait derrière les montagnes de Faugères, éclaboussant de ses feux mourants la flore rabougrie des collines. Alors, quand, silencieuse et balourde, la chauve-souris tâtonnerait dans l'azur apâli d'où aurait fui l'hirondelle alerte et bruyante, alors seulement il s'approcherait d'elle en larron et déposerait sur sa nuque un ardent et furtif baiser.

La nuit tombait; depuis longtemps le clocher de Roujan avait répondu à l'Angélus de Notre-Dame de Mougères, le ciel était rempli d'étoiles, et les chouettes hululaient dans les ruines de Sainte-Marthe, qu'il n'avait pas ouvert la bouche ni esquissé la plus timide caresse.

Le repas fini, un dernier adieu dit à ses fleurs, à son mari, dont elle épiait les angoisses, Rosette regagnait sa chambre. Et les jours succédaient aux jours, et d'autant s'enfiévrait l'amour du savant, d'autant s'exaspérait sa timidité douloureuse.

XIV

À PARTIR de ce jour, Roucairol se rendit chaque soir à la grotte pour étudier les moyens de réaliser son projet, et il crut un moment avoir trouvé dans ces occupations nouvelles une puissante diversion à sa tristesse.

Sur les garrigues de Caramaou l'or des genêts rutilait parmi les odorantes bruyères et les marjolaines discrètes. Il y avait des recoins embaumés par les myrtes dont les baies attiraient les grives, d'autres où les viornes allongeaient leurs vrilles comme des menottes d'enfants vers la lumière; partout les fleurettes du serpolet s'entr'ouvraient dans l'interstice des rocailles.

Il s'asseyait sur la rive du Ricaudi, à l'ombre de ses amarines où les roitelets susurraient, et, les yeux fixés sur la grotte, l'imagination excitée par l'allure préhistorique du paysage, son esprit alors s'envolait vers les époques disparues, vers les âges évanouis que sa plume avait fait revivre.

Il sentait un apaisement se produire, tandis que dans la brume de l'oubli s'estompaient les images trop douloureuses.

Absorbé par sa rêverie, il ne voyait pas, dans la profondeur d'un myrte voisin, briller les ocelles rouges d'un merle dont les trilles montaient vers l'azur, pareils à des éclats de rire.

Un soir qu'il rêvait ainsi, un bruit de pas vint le distraire. Il leva brusquement la tête et ce qu'il vit le fit pâlir d'étonnement. Le piolet à la main, la boîte de fer-blanc en bandoulière, le capoulié Cassagnou remontait le ruisseau de Font-Belmont et se dirigeait vers la grotte.

— Pas possible, murmura-t-il, j'ai la berlue ou, plutôt, c'est une hallucination de la vue, conséquence naturelle de mon idée fixe.

Et prudemment, comme un braconnier à l'affût, il tendit le cou à travers le rideau d'amarines.

C'était bien lui, l'égrillard capoulié, le joyeux et malin poète; rasé de frais, le teint allumé par la course, l'œil plus pétillant que jamais, il s'avançait en conquérant et les granits de Caramaou résonnaient comme sous les escarpins d'un maître.

Vraiment, malgré sa cinquantaine sonnée, il avait, dans son complet neuf de touriste, les allures d'un jeune amoureux accourant vers son amoureuse.

Roucairol ne perdit rien de cela et faillit s'affaler de surprise sur les galets du Recaudi. Il eut d'abord l'idée de fuir avant d'être vu et de gagner Valeuzières par un sentier connu de lui seul, mais aussitôt il se ravisa.

« Depuis quand, se dit-il, notre secrétaire perpétuel s'est-il enflammé pour la préhistoire, lui qui, jusqu'à présent ne s'est occupé des fossiles que pour s'en moquer dans ses vers? Blotti sous ces amarines, nul ne peut m'y deviner; je suis donc en bonne posture pour tirer au clair ce mystère.

Et tout en songeant à cela, devant la tournure conquérante du capoulié, il se sentit pris de cette angoisse, de cette jalousie que, depuis quelques jours, il n'éprouvait plus, et il entendit rire le merle dans le myrte, tout près de lui.

— Si cela était, songea-t-il, je les tuerais tous les deux sans pitié.

Cependant Cassagnou était arrivé à l'ouverture de la grotte. Il regarda l'heure à sa montre, interrogea le soleil qui affleurait à ce moment le piton volcanique de Sainte-Marthe, puis, comme quelqu'un qui se voit obligé d'attendre plus longtemps que ses prévisions, il se débarrassa de sa boîte, planta devant lui son piolet et s'assit à l'ombre menue d'une yeuse.

Un trille plus perlé, plus mordant et plus ironique éclata soudain dans le silence du vallon. C'était le merle qui batifolait dans son myrte.

Au fond de ses amarines, Roucairol en eut encore un frisson, tandis que notre capoulié, heureux d'être ainsi salué par un confrère invisible, et autant pour répondre à sa politesse que pour abréger son attente, se mit à en chanter une composée le matin même pour la circonstance :

Ah! siès vincuda, ma crudèla;
En legiguen toun billétou
Moun cor lusis coum' una estèla;
Amourous sioi mai qu'un poutou.

Ah! tu es vaincue, ma cruelle;
En lisant ton petit billet
Mon cœur reluit comme une étoile;
Je suis plus amoureux qu'un baiser.

Veni! Veni! genta Rosetta,
La nioch se sarra douçamen.
Lou grilh gresilha emmiech l'erbèta;
Veni! t'espère en languimen.

Viens! Viens! gentille Rosette,
La nuit s'approche doucement.
Le grillon bruit parmi l'herbette;
Viens! je t'attends en languitude.

— Misérable! grinça Roucairol en frémissant sous ces couplets, comme les joncs du Recaudi sous la brise.

— Elle devrait être là, fit à haute voix Cassagnou avec un geste d'impatience, l'heure est passée de vingt minutes.

Ce qu'entendant, le merle ricana plus fort dans les profondeurs de son myrte.

Enfin, dans la sente qui mène à Gabian, un bruit de pas retentit.

— C'est elle! s'exclama joyeusement Cassagnou.

— Canaille! grinça Roucairol en cherchant instinctivement son gros couteau d'excursionniste qu'il portait toujours dans sa poche.

Quelqu'un parut.

— Tiens! Segaudy!

— Bah! Cassagnou!

Et alors, un vrai silence chaotique plana sur la grotte de Caramaou.

Au fond du myrte, le merle soûlé de baies à ce point se tordit de voir la mine dépitée des deux hommes qu'il n'eut plus la force de rire.

— Alors, nous avons eu la même idée? ébaucha timidement Segaudy.

— Laquelle? fit gravement Cassagnou, à qui avec le sang-froid était revenue son humeur joyeuse.

— Mon Dieu? mais... les... fossiles.

— Oui, un fossile de trente ans qui porte la toilette à ravir et dont la beauté damnerait les anges, les fossiles, voyez-vous, mon cher, c'est vous et c'est moi, car nous marchons l'un et l'autre, à grands pas vers la soixantaine. Vous ne vous doutez pas, Segaudy, combien vous paraissez grotesque à cette heure sous ce complet « caca de poule » que vous avez acheté hier chez Ferté, dans l'intention de tourner la tête à Rosette. Pour moi, si je me regardais dans le ruisselet que voici, je crois que je me flanquerais des gifles tant je m'apparais idiot... Ah! la coquine peut se vanter de nous avoir, depuis huit mois, métamorphosés en bourriques! Et ce rendez-vous ainsi donné à tous deux, au même jour, à la même heure, aux abords de cette caverne préhistorique, pays natal de l'Homme-singe, pouvait-elle plus clairement nous montrer qu'à ses yeux nous sommes quelque peu antédiluviens et suffisamment imbéciles? Ah! oui, il fallait l'être énormément pour ne pas nous être aperçus qu'elle idolâtrait Roucairol, comme me le répétait hier encore, pour la centième fois peut-être, la clairvoyante Mme Ardison, et qu'elle se servait de nous pour allumer chez son mari un sentiment trop long à naître. Tudieu! quelle belle leçon la gentille Rosette vient de donner à deux académiciens quinquagénaires et qui comptent parmi la fine fleur du Clapas! Enfin, pour nous consoler l'un et l'autre, je composerai là-dessus un sonnet que je vous dédierai, cher confrère. Sur ce, allons à Roujan; on y boit, dit-on, à la « Mule-Grise », chez un nommé Junior Vissec, un certain clairet délicieux. Et nous choquerons sans rancune.

— Au moins, murmura Segaudy, comme ils traversaient Font-Belmont, pas un mot de ceci à ma femme, et pas une allusion dans votre sonnet; elle est si fine et serait capable...

— N'insistez pas, ricana le joyeux Capoulié.

. . . .

Ce soir-là, en rentrant à Valeuzières, Roucairol si fort embrassa Rosette qu'elle fut sur le point de crier. Ces savants sont tous les mêmes; de l'extrême timidité à l'extrême audace, ils ne connaissent pas de milieu. Enfin, je crois qu'il prit dans ce baiser ses douloureux arrérages, et vous ne serez pas étonné si j'affirme que Rosette s'y prêta de bonne grâce et même le lui rendit avec usure.

Le lendemain de ce jour béni, ils étaient couchés dans leur petite maison des Arceaux. Rosette dormait ou feignait de dormir comme un ange. Ce que voyant, Roucairol sauta doucement, et, non moins furtif que lors de sa première nuit de noces, il se dirigea vers son cabinet de travail. Arrivé là, il saisit à pleins bras l'Homme-singe qui se prélassait au milieu et, à pas de loup, comme un voleur, il gagna les combles.

Il déposa son fardeau dans le coin le plus reculé du grenier parmi les vieilleries innommables. Par la lucarne, un rayon de lune filtra, qui mit une fine poudre d'argent sur la vénérable poussière des choses dont il dessina les contours, et dans le coin d'en face Roucairol aperçut le portrait de feu Maraval qu'il avait vu le matin même à sa place dans son cabinet de travail.

— Tiens! pensa-t-il, elle aussi...

Et, sans achever sa pensée, il sentit une joie l'envahir.

Bientôt la lune éclaira les deux coins à la fois, et notre savant crut voir que feu Gédéon échangeait avec l' « Alalus » un triste sourire de reconnaissance, de commisération mutuelle, puis, tandis que du clocher voisin de Saint-Pierre tombait sur la ville endormie la lente sonnerie des heures, il crut ouïr distinctement s'exhaler du cadre d'or ces mélancolieuses paroles :

« Combien tu as raison, mon ami, d'abandonner la préhistoire pour te consacrer tout entier à Rosette. Pour moi, dans le vide noir de mon tombeau je ne cesse de me reprocher ces heures bêtement passées à chercher sous la terre les vestiges des vies éteintes et à étudier les lois de leur succession, comme s'il ne valait pas mieux jouir simplement, pleinement de celle à nous octroyée par la nature. Oui! combien je me vitupère d'avoir passé ces instants trop longs, hélas! à chercher, manipuler et classer de tristes choses mortes depuis des siècles, alors que près de moi, sous ma main, palpitait et vibrait, pleine de sève et d'ardeur, la chair si douce et si fraîche de Rosette. Maintenant me voici réduit à l'état de vieux meuble qu'on relègue au fond du grenier. C'est la dernière étape de l'oubli, je le sais; mais je n'ai pas la cruauté d'un Hindou et je lui pardonnerais volontiers d'avoir ainsi trahi le serment de veuvage éternel qu'au lendemain de ma mort, ma... je veux dire notre Rosette, fit en sanglotant sur ma tombe, et je serais pour toujours consolé si j'avais un instant la certitude qu'elle m'aima comme elle t'aime. Malgré tout, je ne t'en voudrai pas si tu lui donnes le bonheur auquel elle a droit par ses mérites. Enfin, une dernière fois, mon ami, que mon cas te serve d'exemple et reste désormais convaincu que de la paléontologie comparée comme de toute chose il faut en prendre et en laisser, car que nous descendions du singe par l'Alalus ou de Dieu par Adam et Eve, notre destinée n'en est pas moins trop éphémère. Ah! si les vivants savaient et si les morts pouvaient, il n'y aurait sur terre qu'une science : l'Amour, et qu'une chose digne d'être étudiée : la Femme! Pourtant, il faut tout prévoir, conserve dans ce grenier l'Homme-singe; mais pour le mal que je te veux, je souhaite que tu ne songes jamais plus à le descendre. »

Et il sembla à Roucairol qu'en disant cela feu Maraval, le regard noyé dans la pâle clarté lunaire, avait la mine résignée d'un mort enfin devenu philosophe.

FIN

PROCHAIN OUVRAGE A PARAITRE :

MAMAN CROQUEMITAINE par Mrs HUNGERFORD

Au dehors, tout est printemps et joie; au dedans, tout est lugubre.

Ils sont réunis les jeunes habitants du manoir, dans la vieille salle d'études, en solennel conclave et, machinalement, ils se sont rangés en cercle. C'est vers cet appartement fort délabré qu'ils convergent quand ils sont dans l'embarras, en joie ou en colère. Margery est assise sur l'extrême bord de sa chaise, et le mécontentement plisse son jeune front. Angélica, une frêle petite personne, dont la figure est digne de son nom, a une mine désolée;

Pierre est déconcerté; Dick se tient la tête à deux mains et fixe attentivement le tapis; les jumelles, assises côte à côte, en petits tabliers blancs, se préparent à une révolte ouverte.

— Dire qu'elle arrive ce soir! s'écrie enfin Margery.

Depuis que Muriel, la sœur aînée, désertant le nid, est partie pour son voyage de noces, Margery, sa cadette, promue au rang de miss Daryl, paraît avoir pris un peu de sa dignité.

(A suivre.)

Paris. — Imp. PAUL DUPONT (Cl.).

Nouvelle Collection Nationale. - N° 91